烟雨秦淮

丁旭光/著
罗希贤/绘

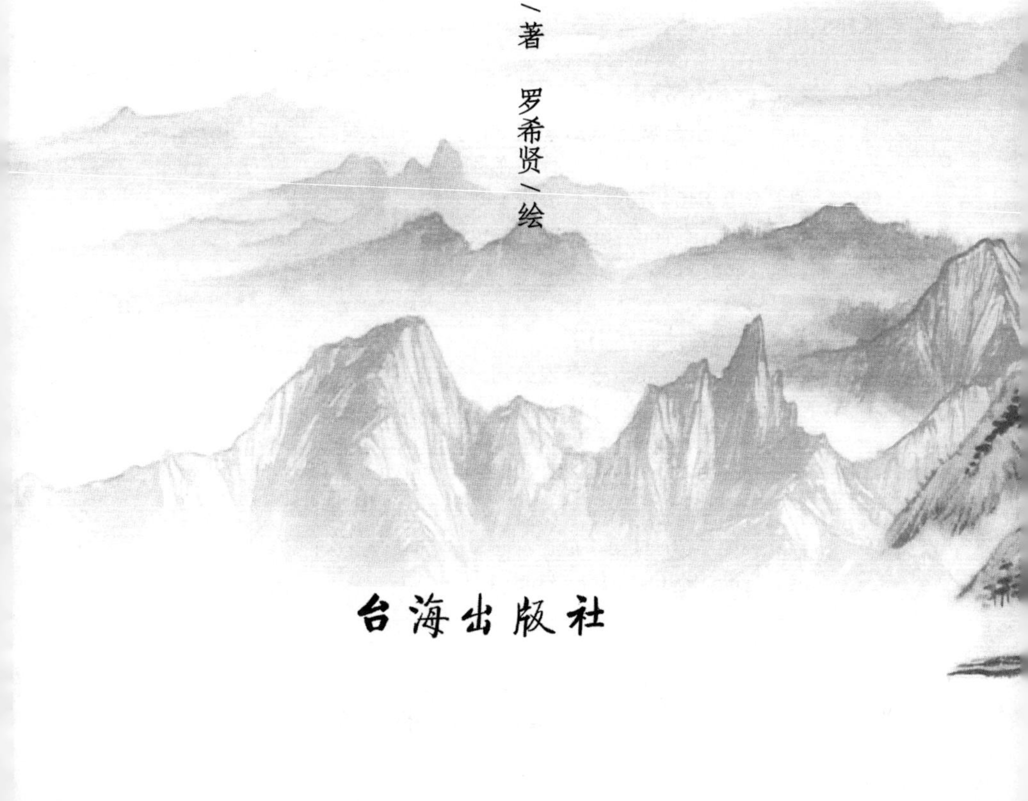

台海出版社

图书在版编目（CIP）数据

烟雨秦淮 / 丁旭光著；罗希贤绘 . — 北京：台海
出版社，2023.1
ISBN 978-7-5168-3408-4

Ⅰ．①烟… Ⅱ．①丁… ②罗… Ⅲ．①侠义小说－中
国－当代 Ⅳ．① I247.5

中国版本图书馆 CIP 数据核字（2022）第 187145 号

烟雨秦淮

著　　者：丁旭光　著　　　罗希贤　绘		

出 版 人：蔡　旭　　　　　　　　封面设计：刘昌凤　谢蔓玉
责任编辑：王　萍

出版发行：**台海出版社**
地　　址：北京市东城区景山东街 20 号　　邮政编码：100009
电　　话：010-64041652（发行、邮购）
传　　真：010-84045799（总编室）
网　　址：www.taimeng.org.cn/thcbs/default.htm
E - mail：thcbs@126.com

经　　销：全国各地新华书店
印　　刷：**三河市元兴印务有限公司**
本书如有破损、缺页、装订错误，请与本社联系调换

开　　本：880 毫米 ×1230 毫米　　　1/32
字　　数：193 千字　　　　　　　　印　　张：7.625
版　　次：2023 年 1 月第 1 版　　　印　　次：2023 年 1 月第 1 次印刷
书　　号：ISBN 978-7-5168-3408-4

定　　价：59.80 元

那一天
和着掠过房梁的哨音
你如期而至

心尖

序

一

胡荣华

一直以来，无招胜有招的新派武侠小说，小说中负剑走天下的剑客，是我心向之神往之的梦里依稀。我把阅读小说作为放松的手段，即使在全国象棋个人赛和五羊杯战酣之时。有一年，在广州举行五羊杯比赛中，在为期十天的赛事中，我看了不少于八本武侠小说。

我读小说，是有所选择的：我比较偏爱武侠小说。

丁旭光的小说，尽管有武侠的成分，但不能算是武侠小说，准确一点说，是文侠和棋侠小说。早在 1993 年，丁旭光就出版了他的第一部长篇棋侠小说《寒江独钓》。《寒江独钓》在正式出版前，已经在上海的《体育导报》上连载了半年之久。因为小说中多有象棋的元素，作为一名棋手，自然引起了我的关注。时隔多年，当我得知他花了六年时间，又完成了一部历史题材的长篇小说《烟雨秦淮》时，如二十多年前一样，又引起了我的关注。

丁旭光是在写传记《胡荣华：一代宗师 旷世棋王》的同时，完成了长篇小说《烟雨秦淮》的修改。

童年情结，几乎影响了丁旭光的一生。

距他家不远处，是上海市文史馆馆员、象棋国手窦国柱的住处。大概在他八九岁的时候，每天晚上，他都猫一般地蹿到窦先生家门前那盏昏黄的路灯下，或者在窦先生的家里，看窦先生弈棋和讲棋。因耳濡目染了车马纵横的妙趣，久而久之，他也成了一名业余高手：曾两次获得上海市机关运动会象棋个人冠军。他中局时弃马弃车力战而胜名家刘彬如的对局，被收进由我主编的棋谱中。2017年冬，在由中国象棋协会主办的全国象棋邀请赛上，他以三胜六和的不败战绩，打进前八名，从而成为第272位中国棋协大师。从浙江丽水回来的第二天，丁旭光来新落成的上海象棋院采访我并向我报喜。我祝贺他成了华人作家中的第一位中国棋协大师。他说是沾了我的仙气。他说这一次，他先行获胜的一盘棋，采用了我1999年发表在《上海象棋》杂志上的一个研究成果——过宫炮对中炮。

丁旭光是一个作家，也是一个棋手，研棋打谱，成了他生活中一个重要组成部分。尽管，社会已发展到了多元化时代，然而多元化带来的种种诱惑，仍然无法使他割舍象棋艺术。对于弘扬棋文化，他有一种与生俱来的使命感。丁旭光对橘中雅戏常有神悟，由此生发开来，便构成了他对棋文化、对传统文化的独特理解。2004年，应上海百家出版社之邀，他还写了一本象棋文化与技战术的专著《橘中雅戏》，其时，我应邀特为之作序。

三十多岁时，丁旭光开始写小说。他没想到，棋艺生涯后来竟成了一种生活积淀，成为他小说中的事件甚至是题材，也因此有了他意在抒发对刚毅坚韧棋客渴慕的一系列棋文化中短篇小说《黑黑白白》《独坐黄昏》《血色棋坛》。棋，作为一个具有象征意义的意象，代表了丁旭光小说热衷的取材对象和美学理想。中国古代的围棋与象棋，寄寓着黑白、阴阳、动静、刚柔相克的大道，聚焦了人生的无限智慧，是中国古代文人智性才情的一种表现形态。丁旭光爱棋，也喜欢写棋。他的小说，有很多是取材于棋坛轶事，掺杂了不少象棋元素。作者的主旨是十分明显的：透过小小棋枰，窥看历史文化。在这里，棋子也不再是孤立、无生命的物体，而成了与人生命运、天地至理、宇宙大美和谐一体的符号。

　　丁旭光在看棋谱时，脑子里就是一盘棋：车马炮进退有据，将士相布防严密。排兵布阵，从容有序。有时候，棋局就演变成了小说的布局，其结构的新奇和严谨，一如兵家之奇谋，常常是意料之外，情理之中。正因为此，丁旭光的小说，也就倍显空灵和神秘。

2018 年 4 月

　　胡荣华，象棋一代宗师、旷世棋王

序

二

曹正文

日月如梭，我与旭光兄相识已三十余年了。20 世纪 70 年代中期，还是一段特殊的岁月，不能读书，也读不到书的我选择了参加卢湾区图书馆工人书评组，凭借工人书评组这个牌子，有机会多读一点书，甚至可以读到一点禁书，以解书瘾。

我在这个书评组内认识了不少后来成为上海作家的朋友，其中就有丁旭光兄。

我曾担任过这个工人书评组组长。我于 1981 年考入《新民晚报》当记者，因刚进入新闻界，忙得不亦乐乎，这个书评组也无暇去了（这个书评组后来改为文艺评论组）。据旭光回忆，接替我担任组长的就是他与费滨海（也是一位文学青年，后来任上海市徐汇区副区长）。1986 年，我在《新民晚报》创办了"读书乐"专刊，后为卢湾区图书馆馆长王小明策划了"家庭读书乐"大赛，并于 1989 年成立了"读书乐之友"书评组。这个书评组就由丁旭光、刘克鸿、严德仁等"读书乐"专刊骨干任理事会理事，并于 1990 年 1 月 1 日创办了一份"读书乐之友"书评报，每月一期，宣传图书、评论图书、介绍图书，并坚持至今，已办了二十八年，这份小报的创办与辛勤编辑，丁旭光其功不小。

由于"读书乐之友"的关系，我与旭光兄的文学交往也深厚了。他除了好写书评，还是一位出手不凡的小说家。他写的长篇小说《褐色木门》获《小说选刊》2012 年度笔会长篇小说二等奖，这是一部让人一读不放的作品。由于旭光兄博览群书，尤其喜欢中国古典文学，因此他写的小说，文字典雅，文风清新，今天向广大读者推出的《烟雨秦淮》就是这种风格的代表作。

《烟雨秦淮》以象棋为题材。弈棋也是旭光兄另一业余嗜好，也可以说是战胜自我的一种飞跃，他用弈棋的题材丰富了他笔下的人物形象。这部小说的引子便以棋王顾弈仙因不愿同东厂（明朝特务机构）阉党合作，得罪了太监头子贺大林，在江湖行走中，无意间从一个古寺隐士手中获得了一幅《踏雪寻梅》的象棋古谱。但历来价值连城的宝物是福亦是祸，多少人想得到啊！因为在江湖上有种种传说，一说是一旦得到古谱，即可成为纵横江湖的棋坛高手，二说此古谱可指点人们寻找到稀世宝物。由此引发了各路人马的眼热和古山悬空寺的慧风方丈的出手护宝。应天两大镖局李家镖局和张家镖局也卷入其中，李家镖局李亦道的爱妻是一位红香楼内长大的绝色佳人，张家镖局张镇西看中的歌妓柳一湄也是人间不可多得的尤物。贺大林欲夺顾弈仙的棋谱，却不料，此棋谱却非真物，围绕棋谱的谜案故事还在继续……

《烟雨秦淮》的故事正如其书名，让六朝古都蒙上了一层烟雨，迷迷蒙蒙，真真假假。在小说中可以读到作者酣畅而雅致的文字风格，还有出其不意的故事安排。

与旭光兄相识时，我和他都是工厂工人，而后我与他都进入了报社。旭光兄至今已出版了二百多万字的作品，著书十二部。

值得我佩服的是，他不仅文字功夫了得，为人豪爽讲义气，而且还是一个足球后卫。六十开外的他，仍能在足球场上驰骋两个多小时。他出色的不仅是体育成绩，还是一位高明的象棋高手。他弈场驰骋四十年，2017 年力战群雄，在全国棋赛中，以三胜六和的成绩，荣获"中国棋协大师"称号。这在我们新闻同道与文学兄弟中，是最值得骄傲的。

作为旭光的老哥，我要向他在文学上雄风不老表示祝贺！

2018 年 3 月 10 日于上海

曹正文，《新民晚报》高级编辑、央视版《笑傲江湖》
电视连续剧文学顾问

序三

肖福根

楚河汉界起硝烟，双马奔驰万化变。

武侠烟雨秦淮传，征途险峻雾云天。

论道棋枰豪气盛，旭光挥毫写棋客。

千里踏雪寻梅谱，弘扬国粹古到今。

丁旭光所著《烟雨秦淮》一书，由一张象棋古谱，一把七星宝剑交织缠绕，其间穿插江南才子与红香楼名妓的爱情悲歌，这也可以看作是丁旭光本人多才多艺的内涵展现。

小说取材于明朝，因为一批价值连城的名家字画，江南棋王顾弈仙不愿助纣为虐，得罪了东厂的贺大林，无法待在应天。于是，他在一个秋风怒号的夜晚，踏着满地的落叶，一路潜行，日出而息，日落而行。一个月后，终于来到了恒山的古琴台。无意间，顾弈仙从古寺隐士手中得到了价值连城的《踏雪寻梅》古谱。于是，有七星宝剑再现武林，有中原武林高手如期而至，有绝代佳人如影随形。于是，便上演了流传于武林、棋界多年的催人泪下的绝唱。

《烟雨秦淮》的情节安排巧妙，铺排设悬多有引人入胜之处。可以发现，作者也把自己对生活的理解渗透在字里行间。棋和剑，是两个具有象征意义的意象，代表了丁旭光小说热衷的取材对象和诗学理想。丁旭光爱棋，也喜欢写棋，他曾经写过中短篇小说《血色棋坛》《黑黑白白》《独坐黄昏》《雨打芭蕉》等，就取材于棋坛轶事。丁旭光在小说中援棋入道，以理寓格。

有人说，棋为"小数"；丁旭光说，棋为"大道"。

棋客如剑客一样，是刚毅坚韧的化身。丁旭光写棋客，用意在抒发对刚毅坚韧之士的渴慕，营造侠士之古风。作品写出了对棋的独特感受和领悟，不失为一种对棋的形而上的评说，更不啻为醍醐灌顶之论。

丁旭光是一位作家，又是中国棋协大师，迄今为止，他已经出版了十二本著作，其中有象棋专著《橘中雅戏》等。《胡荣华：一代宗师 旷世棋王》一书，是2018年上海书展的畅销书之一。2018年8月19日上海书展当天，丁旭光和胡荣华老师一起，接受上海人民广播电台直播采访。2018年12月6日，东方电视台艺术人文频道《今晚我们读书》播放"胡荣华和作家丁旭光讲述棋坛的风云往事"。2019年1月《胡荣华：一代宗师 旷世棋王》被评为上海文艺出版社2018年十三本（原创）好书之一。

丁旭光喜冥思，棋艺造诣极高，于书是无所不读，又通琴棋诗画。这本《烟雨秦淮》于他实属水到渠成。忽而冥想：自古以来，曾沦为"小数"的又何止于棋！文学就被认为是"壮夫不为"的"雕虫小技"，于是乎有不平者刘勰呕心沥血，撰写皇皇巨篇，以"雕龙"与"雕虫"对抗。眼前的这本小说是否会成为棋坛的"雕龙"之作呢？我在此不敢枉作猜度，但仅就文学创作而言，我以为丁旭光君的作品开辟了小说创作的一条新路。因为弈棋虽然作为中国的传统文化，与吟诗、抚琴、泼墨、品茗、评酒同列，许多文人骚客皆独钟此物，但如此将棋作为完整、独立的对象形态，在小说中予以全方位的表现，似还罕见。我相信，作为一种艺术探索，广纳百川、百花竞放的文坛是不会拒绝的；这样的作品也一定能受到社会的欢迎，在读者中产生广泛的影响，因为它是文学与棋文化的奇特的结合，而热爱文学又钟情棋者又何止千万！

　　我是个棋迷，也是一个民间象棋赛事的组织策划人。几十年来，我组织举办过上海市区、华东长三角地区、全国棋王赛和国际大赛共一百多届。当年，我曾供职于上海市市政局所属隧道公司，丁旭光供职于市政局市政建设报社，我们既是大同事，又是同道中人。作为现代棋客，我和丁旭光一样，一直扬帆于棋文化的河流上。

　　是为序。

2022 年 3 月于上海

　　肖福根，长三角象棋联谊会会长、《棋艺》杂志社副主编

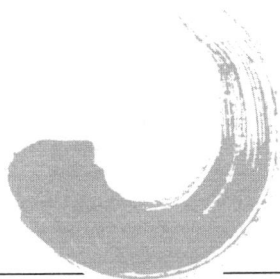

目　录

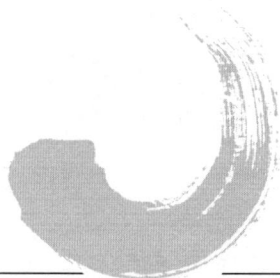

目录

目录

3

一 | 柳一湄凭栏空视
红手巾飘落于地

自进了张府以来，柳一湄一直有两件心事。第一是怕张小田在王芃芃那里走漏风声。如果真是那样的话，她怕自己再一次跌入风尘。

她不想离开张府。

当初，因为父母早亡，因为家贫，黑了心的嫂嫂和游手好闲的哥哥把她卖进了妓院。痛不欲生后，她想她不能这样活着。她伺机逃离。幸运的是，如归客栈的掌柜相中了她，赎回她后，让她扮作红香楼女子出逃。

进了张府后，她获得了新生。她一直在寻找机会，封住张小田的口。尽管，张小田未必真正知道她的来历。

看得出，张小田是一个守口如瓶者。但柳一湄还是心有所忧；这死而复生后的幸福生活来之不易，棋艺不俗的柳一湄深知，如果一着不慎，结果是满盘皆输。

张府的建筑，类似北方的四合院。大院是一个二层楼的建筑物，高高的围墙里，是一座偌大的花园。

柳一湄凭栏空视，两眼无神地看着远处的围墙。

远远地，她看见张镇西牵着坐骑，走出大门。

下雨了。一阵风吹来，把柳一湄手里的一块红手巾吹起。被吹起的红手巾随风起舞。舞了几个回旋后，飘落于地。柳一湄下了楼，准备俯身捡起。又有一阵风吹来，柳一湄随着红手巾转了几圈后，脚下一软，和红手巾一起倒在地上。

柳一湄哎哟了一声。

雨停了，风却大了。枯叶漫天飞舞。一片被风吹落的黄叶被卷进了一侧的小楼，穿过窗棂，飘到了张小田的面前，落到他的脚下。

吱呀一声，张小田推开了褐色木门。

张小田看到柳一湄的痛苦状，知道她崴了脚。

忠厚老实的张小田忘记了男女授受不亲的古训，上前一步，把柳一湄扶起。

柳一湄直起腰，又叫了声哎哟，然后，钩住张小田，就势扑进他厚实的怀中。

柳一湄身体的清香，直冲鼻翼。这香气，对张小田来说，是意往已久。

张小田不能自已。他拥住了柳一湄。

"扶我上去！"前曲刚启，柳一湄却已醉了。

张镇西看到张小田从二楼楼梯处转弯下来。

"你……"

"镖主，刚才，柳一湄，不，柳小姐的脚崴了……"

咚！咚！咚！

只是三两步，张镇西已闪进柳一湄的房间。

柳一湄坐在床上，衣衫早已扶正。

望着柳一湄一侧那红红的手巾和红红的脸，张镇西发话："刚才……"

柳一湄倒地，张小田救美

张镇西一个转身，走向了栅栏。张镇西的衣衫被秋风吹起，吹起的衣衫成一条斜线。张镇西背影的前方，是张家大院围墙的横际线，这横横竖竖的线条，在柳一湄的眼中，是一道绝妙的风景！

　　看着张小田的背影，张镇西自语："脚崴了！怎么上去的？是扶着她还是抱着她？"张镇西静静的背影，让柳一湄感到了阵阵寒气。那横横竖竖的线条，让她恍兮惚兮！

　　一阵寒风吹来，柳一湄打了一个寒战。

二 | 顾弈仙巧遇棋圣
寻梅谱传将开来

那年，棋王顾弈仙因为一批价值连城的名家字画，不愿助纣为虐，得罪了东厂的贺大林，无法待在应天。于是，他在一个秋风怒号的夜晚，踏着满地的落叶，一路潜行。

顾弈仙日落而行，日出而息。

一个月后，顾弈仙终于来到了古山。

是夜，顾弈仙寄宿于山脚下的茅草房。

老翁送上了好酒好饭。

酒足饭饱后，顾弈仙洗脸温脚沉入梦乡。

第二天一早，似梦似醒中，顾弈仙听到了久违的歌声："谁谓吾徒犹爱日，参横月落不曾知……"

顾弈仙走出了梦境，侧耳细听，那声音似有却无。

顾弈仙翻身起床，推门而出，空无一人。

晨阳半隐半现在古山山脉线上，无比绚丽。顾弈仙忘记了初衷，他想一步登上山顶，在山顶听风声鸟鸣，观日落日出。

一阵阵山风吹来，吹走了顾弈仙的遐想，吹来了一个幻觉：东厂的贺大林，幽灵一般出现。

只是须臾，那一局名为"踏雪寻梅"的残棋，复又浮现。

尽管顾弈仙沉浸《踏雪寻梅》谱多日，但还是难解其中玄机，被棋界尊称为"弈仙"的他，愧意深深。让顾弈仙百思不得其解的是，《踏雪寻梅》谱出现时，他的耳际，总会出现哀婉的咏诗声：

驿外断桥边，

寂寞开无主。

已是黄昏独自愁，

更着风和雨。

全诗吟完之时，就会出现一位国色天姿的女子，化作零落一地的朵朵梅花。

这一意象，说明了什么？

顾弈仙不解！

一缕飘飘忽忽的箫声入耳。

顾弈仙侧耳细听，箫声是从左边的小竹林里传来。箫声越来越近。随即，传来一阵软软的吴语："你怎么会在这里？"

一侧，出现了一位沉鱼落雁般的少女。

顾弈仙自发蒙后，受业于顾思齐的门下，几乎是足不出户。但正是那仅有的几次夜登秦淮河的画舫，在一睹了秦淮歌妓的曼妙歌声后，一时间，竟乐不思棋。

贺大林的府上，美女如云。顾弈仙也常常因那里的美女而失眠。而眼前的这位女子，让秦淮歌妓顿时黯然、贺府美女瞬间失色。

只一眼，仅仅是一眼，顾弈仙就为这妩媚倾倒。

"姑娘从哪里来？来这里干什么？"

"从芦苇那边，来这里，是为了找你。"

顾弈仙告诫自己："我有大事在身，不能累及他人！"

"姑娘一定是认错了人！"

"找的就是你。"

少女的话，让顾弈仙云里雾里。

望着修八尺有余，形貌昳丽的顾弈仙，少女回眸一笑，隐没于竹林。

箫声又起……

云里雾里的顾弈仙循声而去。

穿过竹林，是一条蜿蜒而去的河流。

一长者正面对古山背对河流吹箫缓行。一旁的石凳上，方才的少女在把玩一副骨质的象棋。

顾弈仙非常好奇，轻手轻脚地来到了少女的身后。一眼望去，顾弈仙立马变色。原来，那少女解拆的正是他"为伊消得人憔悴"差点儿为之丧命的《踏雪寻梅》。

《踏雪寻梅》谱晦涩曲深，难度极高，其间假象纷呈，机关密布，非一般棋手所能破解。因此，传世以来，无人能解。

顾弈仙看那少女年龄尚小，但观棋的眼神却显得异常老成。更让顾弈仙大惑不解的是，长者和少女之间有一种默契，少女在摆棋弄子时，箫声便会响起，而一旦少女的手离开棋子，箫声便立刻打住。

在少女一侧稍站片刻，顾弈仙看出了个中奥妙：长者是在引导少女。

正如他养父为《七星聚会》谱消得人憔悴一样，为解《踏雪寻梅》谱，顾弈仙也是愁肠满怀。

顾弈仙看到那少女在短短的时间里，已摆弄了十几路几十个回合，自愧不如。他知道，少女对棋谱的研究，已经是出神入化。

顾弈仙觉得这少女似曾相识。相识于何处呢？

"顾先生，这棋谱只能看不能说，不然，会招来横祸。"长者抑扬顿挫的声音，充满着神秘。

长者与少女引舟而去。

顾弈仙欲罢不能，从舟而行。舟行数里后，顾弈仙听到舟尾又传来一缕箫声。箫声慷慨激昂又如泣如诉。这曲子，顾弈仙似曾相识。

这箫声，把顾弈仙多年来的惆怅一丝丝地拉出。顾弈仙忽然感到，这多少年来的人事沧桑，就在这吹箫者的指间起起落落，落落起起。

这一次，吹箫者不是长者，而是那少女。

吹此曲的用意何在？这似曾相识的她又是谁呢？

二 | 季律生东飘西荡
张老伯淹贯百书

因为箫声，因为少女，顾弈仙想到了他的朋友季律生。怎么会这么像？这少女，好像是季律生失散多年的妻妹！

一次行程中，顾弈仙曾遇一难友季律生。实际上，当时的季律生已经不难，他在一个寺院做帮佣。季律生一直喜欢研究音律，对于吹箫这一道，更有特别的长处，除此之外，他还喜欢画画。

因为喜欢天马行空，季律生一直在东飘西荡。

一次，季律生飘荡到一小城，见一逃难者正持一箫在小街上出卖。季律生上去只是一瞄，便爱不释手。那箫是用上好的白玉制成。经过一番讨价后，季律生倾其所有，那管箫也成了他的随身之物。

那时的季律生是除了一管箫，身上一文不名。浪迹到江苏宜兴后，季律生想收住脚步。季律生来到一家寺院，做了寺院里替和尚们打理杂务的帮佣。

明月正当中天，松风一阵一阵地在旷野里吹过。季律生独坐阶前，取出玉箫，呜呜咽咽地对月独白。因为造诣不浅，玉箫又非常名贵，箫声当然是清越悠扬。

箫声吸引来了知音：季律生突然听到远处传来一阵幽雅、婉转又凄凉的箫声。那管箫的质感，似乎很熟。

起初，季律生以为是农家在农忙之后，消遣寂寞，转念一想，乡民怎么能把这一管玉箫，吹得如此美妙呢。好奇心促使他走出山门，循箫声而去。

月光之下，一座竹篱茅舍前，一女子正在吹箫。女子看见季律生后，便收了箫声回了茅舍。

季律生认出那间茅舍，是张老伯的住宅。季律生想这吹箫的女子，应该是张老伯的女儿了。她怎么会吹得如此曼妙呢？

季律生和张老伯熟识，于是，上去敲门。

门开后，问明季律生的来意，张老伯并没有吃惊。

"啊！原来是季司务，刚才吹箫的确实是老夫的小女，她只是吹着玩玩。"

"张老伯！您不要谦虚，我听了令爱的箫声，知道是有些来历的。我也很爱吹箫，可是我自知远不如令爱！"

"季司务！你也谦虚了。这寺里每晚吹箫的莫非就是你？"

季律生点了点头。

张老伯一愣，他想不到这寺里打杂的司务，吹箫功夫如此了得，忙说："失敬！失敬！季司务吹得这么好，一定是下过一番苦功。"

季律生把自己的经历原原本本地告诉了张老伯。

"张老伯！令爱有这样绝技，多半是您老人家教导有方，您一定是位高手。"

张老伯说自己是一个乡下老农，什么都不懂，女儿的吹箫源于自学。

季律生明白，遇到了高人。

后来，季律生三两天就前往张老伯家，求张老伯指点吹箫妙技。

张老伯明白，说女儿吹箫是自学，实难自圆其说，又见季律生一表人才，为人诚恳，求师心切，知道推托不过。

张老伯是宜兴人氏，从小得名师传授，吹得一口好箫，后来被聘至皇宫，做了乐官。因为得罪了朝中权贵，便带着两个女儿回到宜兴乡间。他自己种田，女儿织布，空闲的时候，张老伯教女儿吹箫。两个女儿冰雪聪明，父亲的吹箫本领，她们都已经学之八九。

张老伯对季律生说："听你的箫声，也非凡俗，请取箫来吹一曲，让我们欣赏一下如何？"

季律生见张老伯答应教他吹箫，乐不可支，马上回寺里取来玉箫。当季律生从布袋里拿出玉箫时，一旁的张老伯露出了难以置信的神情。

一曲之后，季律生请张老伯指教。张老伯沉吟片刻，方才开口："你下过一番苦功的，已很熟练，就是有些拘束，吹箫最重要的是音调要自然，这就是所谓的天籁。"

随即，张老伯教季律生运气运指和吞吐疾徐的方法，在曲调转折处，又特别教他其中的指法。

季律生知道，这一次，是找对了人，拜对了师。

"听你这玉箫的音调，不是凡器，能借我一看吗？"

张老伯的声音有点颤抖，季律生把箫递了过去。

"果真是一管好箫！"张老伯拿过箫惊叹了一声，脸上显出一丝狐疑。然后，张老伯翻来覆去地摆弄玉箫。再然后，张老伯又把玉箫凑近烛光细看，长叹了一声："是它！是它！"

两个女儿迅速围拢了过来。

季律生却一脸迷茫。

张老伯让女儿月仙到里屋取出另一管箫来，两管箫放在一起。

季律生一看：两管箫简直一模一样，箫上的题款也是一般无二。季律生分不清哪一管姓季，哪一管姓张。

季律生十分惊奇，忙问张老伯这箫的来龙去脉。原来当年张老伯做乐官的时候，特地去福建选了玉中佳品。然后，请玉工名家精心制作了一对玉箫。这一对玉箫，一直是他的随身之宝。万万没想到，随身之宝在逃难时遗失了一管。张老伯的夫人也在寻箫途中失足坠下山崖。今天他近听季律生的箫声，感到耳熟。拿在手里之后，更相信是他的遗失之宝。及至在烛光下细看箫上的题款，确认是他的旧物。遗失多年的玉箫，竟在无意间凑成一对，他自然是情难自禁。

季律生当即表示应该让这管箫完璧归赵。

张老伯说这管箫应该归你，我们不能夺人所爱。

说着，张老伯把季律生请入他的卧室。

房间里的家具极其简单：一侧，是一张陈旧的有些年头的桌子。桌子上，除了几株文竹，还有一些盆景高高低低地在那里各领风骚。

一来二去，季律生和张老伯一家已很熟。

张家两个万般风情、百般娇媚的女子后来就成为季律生的画中佳人。

张老伯学问渊博，评论诗文，上下古今，无一不晓。

一天，张老伯和季律生又谈起了《离骚》。讲着讲着张老伯动了感情，忽然站起身来，边走边大声吟唱起来。因为是一个乐工，中气十足，那声音高亢激越，声震屋瓦。

唱完后，张老伯又回墙角，在藤椅上坐下。

墙角的那只樟木箱，与樟木箱两边的那两把藤椅所传递出的况味，与张老伯两个女儿的青春气息，形成了强烈的反差。

如今的张老伯，重心放在一件事上，那就是研究白石道人。季律生每一次去，张老伯都要谈到白石道人，一谈起就是没有白天没有黑夜。问题是季律生对白石道人实在没有兴趣，他感到研究白石道人太枯燥了。

白石道人是太枯燥，但张家大女儿不枯燥。看到张老伯大女儿的眼神，季律生就知道，他必须要做一点事了。

张老伯与季律生隔着樟木箱，坐在各一边的藤椅上。

樟木箱上的手拓本，正是张老伯收藏的《白石道人歌曲》。季律生听说过白石道人，知道白石道人是一位音乐家。

一次，季律生又去了张老伯那里。谈了一个多时辰后，季律生起身告辞。临行时，张老伯把白石歌谱的手拓本赠予季律生。

季律生看着老态龙钟的张老伯，再看看到张家大女儿的眼神，一种浓浓的责任感油然而生。于是，他接过了那一份沉甸甸的期望。

用了一个通宵，季律生看完了歌谱。

在张老伯的指点下，季律生开始了白石道人歌谱的研究。

为了试验宋代的管色字谱在笛管上是否可以自由转调，季律生特地去了几次苏州。他到乐器店买回许多制作竹笛的竹管和钻孔器。当时的江苏，制竹笛子最好的竹管，就在苏州。

往往是在夜半时分，季律生就到了苏州。第二天一早，在小街尚未醒来，街上只有足音几点之时，他又去了乐器店。

小街很长，以青石板铺成，两旁的是青砖灰瓦的房舍，一扇扇的大门，昏黄的灯影。季律生一路慢行，一路观察。他掏出了本子，拿出毛笔，取下铜套管，画起了速写。

买回竹管和钻孔器后，季律生按照《事林广记·乐星图谱》制成各种不同孔位的竹笛。试验后的结果是肯定的，管色字谱在笛管上可以自由转调。

一年后，张老伯把自己的大女儿许给季律生。婚后，夫妻俩在山林间一吹一和，快乐非常。

与吹箫的美人分手后，顾弈仙果然去找了季律生，顾弈仙把河边美人吹箫的旋律哼了几句。季律生只是一听，就说这首曲子叫《广陵散》。

季律生告诉顾弈仙，《广陵散》在汉末已经在民间流传。

在司马氏把持曹魏政权时，曹魏大臣共有三次大规模的兵变起义。

第一次，是老臣王凌起义，被司马懿所平；第二次，是毌丘俭起义，被司马师所平；第三次，是诸葛诞起义，被司马昭所平。这三次起义的地点都是在当时属扬州管辖的寿春。王凌、毌丘俭、诸葛诞在起义前的职务都是扬州牧。三位扬州牧对司马氏父子的反抗，和《聂政刺韩傀曲》有相似之处，把《刺韩》称为《广陵散》，意便在于此。

广陵，即今天的扬州市。

四 | 让一着不为亏我
纳百川方见容人

清风镇在秦淮河一侧。善弈的清风镇人以棋为生，以棋为乐。据说，清风镇人的善弈，和多年前的一个传说有关。相传唐朝有一位太监在失宠于皇上后，便携了一大摞名家字画回到老家应天。这一大摞名家字画中，传闻还包括唐朝张萱、周昉的《唐宫仕女图》。

善弈的太监在一次对弈中，下出了一局名为"踏雪寻梅"的鬼手残局。灵感迸发的太监根据这鬼手残局的指向，藏宝于棋谱的秘密之中。如果谁能得到这棋图，并能一一解拆的话，那么，藏宝之处便昭然。为防名家字画失于盗，太监将字画秘藏于某寺院。关于藏宝之地，一说是在古山，一说是高原雪山，一说就在应天。

对清风镇人来说，谁能成为清风镇的棋王，谁能找到《踏雪寻梅》谱，谁就是他们的英雄。《踏雪寻梅》已成为清风镇人的图腾。

顾弈仙视名声如生命。

那批价值连城的书画，在顾弈仙的眼里只是身外之物。早日破译《踏雪寻梅》，在清风镇人的口碑上留下浓墨重彩的一笔，才是他梦寐以求的。

说到顾弈仙，就要说一说顾思齐。

秦淮河边的清风镇上有一座庄园，庄园主人顾思齐的棋力，在善弈的清风镇人中，属于佼佼者。因为善弈，顾思齐的想象力自然是十分了得。顾思齐虽然棋力了得，但多少天过去了，顾思齐还是破不了江湖残局"七星聚会"。

那一天，顾思齐倒背着双手，又一次徜徉在竹林里。许久，顾思齐才走出竹林。走出竹林的顾思齐，却走不出"七星聚会"。

如果没有"七星聚会"，顾思齐会坐在家中的榻上，手不释卷。偶尔，他会慢悠悠地举头，观远处沙洲。沙洲上，长着芦苇，有大雁振翅飞过。

一阵抽泣声传来。

这声音耳熟，顾思齐从江湖残局里抽身，循声而去。

"大叔，你这是……"老仆林大叔是刚毅汉子一个，平素有泪不轻弹。

"哎……哎！" 林大叔是长吁短叹。

顾思齐掌管了家园后，秉承父训，对下人是宽厚有加。

见林大叔欲言又止，顾思齐跟进："林大叔，有事尽管开口！"

"家乡又遭水灾，他们又要饿肚子了……"

林大叔的声音低沉苍凉，闻之，如面对坟碑。

顾思齐听后，怅然。

"林大叔，待一会儿你到管家那里取十两银子，收拾一下，回家看看。"

"谢少爷，只是……"老仆一时语塞。

"只是什么，尽管道来。"

"我与兄长是两房共一子，侄儿又为我生了个侄孙。后来，因为家徒四壁，侄媳八年前抛夫弃子出走。侄子外出寻妻不归。侄孙一直与我哥相依为命。现在，哥哥已病故，家乡又遭水灾，侄孙生活艰难。"

"侄孙多大了？"

"十二岁了。"

"林大叔，你回去就把他一起带过来。"

"这——太麻烦你了！"林大叔欲倒地叩头。

"林大叔，你不能这样！"顾思齐一步上前，将老仆扶起。

老仆老泪纵横："少爷，您和老爷一样，都是菩萨心肠……"

顾夫人不知什么时候，出现在顾思齐眼前。

顾夫人在娘家时，名字叫王凌凌，小名叫柔惠。嫁给顾思齐后，便叫作顾王氏。可是，在顾思齐的眼里，她还是做姑娘时的那个柔惠。

"柔惠，你……"

"没什么，我想到竹林走走，也想一想'七星聚会'。"夫人调侃。

一听到夫人提起"七星聚会"，顾思齐的脸，便阴了下来。

夫人看到顾思齐的脸阴了下来，知道自己的玩笑开大了。

顾思齐幼时，便受教于本地鲁状元门下。鲁状元熟读诗书，满腹经纶。鲁状元生平有武术、弈棋和著书立说三大爱好。

俗话说"近朱者赤，近墨者黑"，更何况，顾思齐是鲁状元的入室弟子。多少年后，顾思齐是善弈工诗能书好酒。逢年过节，寻常人家大门上的对联是"福星高照，招财进宝"。而顾家大门上贴的是："世事如棋，让一着不为亏我；心田似海，纳百川方见容人。"

顾家门前的小街，亦能容人。小街宽不足六米，但是很长，从西城门到东城门，连绵十里。故有"西门到东门，十里不转弯"一说。置身其中，古风扑面。

迎着古风，踩着自己的身影，七星剑客沈雪树一路潜行。

一扇扇大门的两侧，昏黄的灯影散落于地。

街上，听不到半点足音。

这是大年初一的清晨。

爆竹声打破了宁静。

在一阵阵啪啪的爆竹声中，顾家老仆听到了"嘭嘭嘭"的叩门声。叩门声和爆竹声混在一起，令人躁动不安。这声音，让人感到了山雨欲来。

"嘭嘭嘭……"叩门声声声催人。

顾家有规矩在先，不管何人何时叩门，都要开门迎客。

老仆在今天这叩门声里，听到一种不祥。迟疑了一阵，老仆还是开了大门。

门外立一人。

老仆看到，来者斜背一把宝剑，气度不凡。

"敢问先生，因何事叩门？"

"找你们家主人。"

"先生贵姓？从何处而来？"

"七星剑客！从山野来。"

老仆一伸手，说了个"请"字。然后，引剑客入内。

晨曦启开了夜的帷幕，泻在了顾家大院。顾思齐已身披晨光，独自面棋，举手问秋。

沈雪树扫了一眼院门上的横匾"得天助"三字，透过漏窗又瞄了瞄庭院：但见庭院不大，爬山虎的绿叶涂满四壁，盆景盆花错落有致地在院中各领风骚，院中的一株老槐树下，四张石鼓凳环绕着一张石桌。庭院里，一位雅士，正面对着苍茫的楚河汉界冥思苦想。

老仆欲言又止。夜阑人静，或鸡鸣之时，是少爷淬火锻造，它日锋刃尽出断铁如泥的大好时光，老仆怕扰乱少爷的一寸光阴。

只是随意一瞥，七星剑客就知道，院中闲敲棋子者，正在探幽"七星聚会"。沈雪树恶哼了一声：果然是他！

多年以来，七星剑客沈雪树一直是心静如水。如此这般的恶哼声已是多年不现。七星剑客感到了自己的失态，舒了一口长气后，复又神闲气定。

只是片刻，老仆还是发声："少爷，有客。"

站起身来后，顾思齐看到了身怀绝技暗藏杀气的七星剑客。顾思齐双手抱拳："有请——敢问尊下大名？"

"七星剑客！"沈雪树的声音里，还是有一股杀气。

"七星剑客！久仰！久仰！"

沈雪树俯视棋盘，铿锵有力："我今天来，就是要会一会这'七星聚会'！"

沈雪树随手取下七星宝剑。剑锋上，有一缕寒光。

这一缕寒光，让顾思齐想起了那一个传说……

"您走错了，这里不是七星府。"

"不是七星府？"

确认自己找错了地方后，沈雪树收眉收剑。

这一回，轮到沈雪树双手抱拳了："对不住！对不住！" 沈雪树为自己的鲁莽赔罪。

"七星府离我不远，常常有人错入寒舍。"

一旁的老仆，舒了一口长气。

七星府与顾府之间，只是一步之遥。

七星府的得名，缘于象棋古残局"七星聚会"。

七星府主人张林浩，原本是清风茶坊里的小伙计。

清风茶坊是清风镇上的一家百年老店。进得门去，高悬正中的是唐代大书法家颜真卿"泛花邀坐客，代饮引情言"的手书对联。清风茶坊不但是文人墨客的吟诗联句之处，也是当地百姓从中得到文化熏陶的场所。茶坊里还有说书、象棋博彩等活动。

楚河汉界的惊涛风云，早已充斥了张林浩的内心世界。聪敏伶俐的张林浩，在茶坊里耳濡目染江湖棋手高水平的对弈，棋艺日渐增长。

流水东去，转眼，已是春秋十载。一次，张林浩从一江湖棋手处得到了象棋名局《七星聚会》古谱，精心研拆后与人博彩，竟赚下不少钱财。

清风镇上，原有一名叫沈旭昶的大户。沈家原本殷实，但因沈旭昶好赌，又有点不自量力，一而再，再而三和张林浩赌棋。几年下来，不知不觉中，家财已拱手让于张林浩。结果是沈旭昶带着家人浪迹天涯。

浪迹天涯后的沈旭昶，一去不还。江湖上说沈旭昶已客死他乡，也有人说沈旭昶正带着儿子研棋习武，磨刀霍霍。

张林浩赢人钱财发迹后，在距顾府不远处大兴土木，建造了规模不小的七星府。

七星府的布局，完全按"七星聚会"棋形造就。

探索象棋奥妙，实在不是一件容易之事。顾思齐虽是当地弈棋高手，却无法破译"七星聚会"。

为解析"七星聚会"，顾思齐常常是闻鸡即起，月上中天方才就寝。尽管是消得人憔悴，但还是没有任何突破。尽管如斯，顾思齐还是如此迷恋象棋。因为，他喜欢在静寂中品味人生如棋，世事如棋的况味。

非常遗憾的是，顾思齐不但破解不了《七星聚会》谱，平时与七星府主人赌棋，也是屡战屡败。每一次败于张林浩后，还会受其羞辱。顾思齐百思难解其由，因为张林浩的棋艺，并不在其上。

最终，顾思齐领会了一条真理，要成为一跃龙门一统清风镇后而行走江湖的智弈者，所需的天赋、艰辛及棋外功夫，不是以个人意愿所能达到，只能是得天而助——这也是"得天助"斋号的由来。

七星剑客沈雪树是江南象棋第一高手。遥想当年，沈雪树连年纵横楚汉，攻无不克，战无不胜。在江南棋坛，其风头之健无人能与之比肩。就在人们期望沈雪树拿下清风镇，拿下张林浩时，沈雪树却突然离开了江南。

对清风镇的棋迷来说，沈雪树成了一个永远的传说。

沈雪树错入自家大门，使顾思齐得天赐良机。

这一次的顾思齐，是有贵人相助了。

沈雪树沉默不语，只是面对着院中的那一株老槐树。

遥想当年，为了替沈家一雪前耻，从懵懂到沉醉痴迷，从学习"排兵布阵"到领悟"一剑封喉"，从"仙人指路"的探幽到"竹外横枝"的解谜，其中，有喜有忧，有笑有泪。

就在沈雪树准备去清风镇前夕，父亲沈旭昶病危。沈旭昶担忧沈雪树步其后尘，告诉沈雪树山外有山，让沈雪树精读唐人李肇的《王积薪闻棋》一文。李肇在《王积薪闻棋》中，用寥寥一百二十字，讲述了国手王积薪赴京途中夜宿客栈，听到客栈婆媳两人夜下以口对弈，从而知道了天外有天和棋艺空间的无限性。

父亲临终前，叮嘱沈雪树见好就收离开红黑世界的楚汉纷争。沈雪树虽然是父命难违，但依然打了一个时间差，准备拿下张林浩后金盆洗手。

错入顾府后，见顾思齐不耻下问，而顾思齐针锋相对的又是张林浩，沈雪树当然要助顾思齐一臂之力。

沉思俄顷，沈雪树终于开口："顾先生，我们先来一局，如何？"

顾思齐手一伸："有请！"

沈雪树与顾思齐两人借着晨光，开始对弈。

差距，就在一招一式之间。

顾思齐起手上了一步正马，沈雪树还了一个中炮。

顾思齐、沈雪树对弈

至中局时，顾思齐的黑棋本来可以很快入局取势，但他看看以一车入局，棋形不美。稍作考虑后，他改了主意，平了一步黑炮。那黑炮从边路移至中路，形成了车马炮的立体攻势。立体攻势固然好看。然如是行棋，却让红棋缓过神来得以上士飞相平车，筑成一道密不容针的坚墙。本来，这一盘棋顾思齐已是胜券在握，但是，因为顾思齐追求完美，又把一盘可以下和的棋下输了。

沈雪树把红车轻轻地往四路一放，同时抬起头来看了看顾思齐，似有所悟。

与顾思齐过完招，沈雪树知道了问题所在。

午饭时，若有所思的沈雪树依然是一言不发。

出于礼貌，顾思齐有一搭无一搭地搭讪。沈雪树是不置可否。

下午，沈雪树去了清风茶坊。

如今，家产殷实的张林浩，对博彩斗棋早已失去了往日的热情。颇有自知之明的他知道，只有在清风镇，在清风茶坊里，他才能"一览众山小"。张林浩常常在午睡后，去茶坊与人下棋寻乐。哪一天高兴时，赢了对方还要给对方赏钱。一时间，清风茶坊是棋客满堂：有人为图几个赏钱，有人欲一睹张林浩的棋里乾坤。

虽然只是头一回见面，但张林浩在沈雪树的心中，早已是梦里当年。

在父亲的悉心调教下，十几年来，负剑携棋走天下的沈雪树，历经磨难后，最终是纵横楚汉，成为江南第一高手。

沈雪树准备为父雪耻后离开棋坛，皈依佛门。为了这一天，他等了十几年。和顾思齐相遇后，他才知道，要替天行道的，不止他一个。

几位观弈者的站姿各异，只有一人坐着。尽管只是一个背影，但霸气尽显。

沈雪树知道，他一定是张林浩！

沈雪树隐在了张林浩的身后，一盘棋下完后，沈雪树挪到了张林浩的对面。

　　沈雪树注意到，张林浩下棋很有特点，遇到复杂局面时，不是面对棋盘，而是细眯双眼仰首向天。脸上，还不时露出笑容。

　　有一盘棋，对手先行布以仕角炮局。仕角炮在当时少见，张林浩以中炮回敬。对手没想到张林浩对仕角炮局有研究。中局阶段，张林浩表现了非凡的气魄，主动挑起战斗。对手见状，冒险从边陲飞炮袭击。因为冒险，露出破绽，被张林浩驱车插入后只能步步退守。在缠斗不休的细腻残局中，沈雪树看到了张林浩的深厚功力。

　　最后，张林浩双炮齐鸣，车挟双仕，击败对手。

　　天色渐黑，茶客棋客渐少。

　　沈雪树在茶坊里要了一碗面。吃面时，沈雪树想到了父亲。

　　夜，得天助书房。

　　沈雪树欲言又止："我……去过清风茶坊了。"

　　"见到张林浩了吗？"

　　"见到了。"

　　"请直言！"

　　沈雪树呷了几口茶："顾先生，你下不过张林浩的原因，我想我已经找到了！"

　　"请指教！"顾思齐双手抱拳。

　　"正如您所言，张林浩的棋不在你之上。你的棋属于求道派，功利较少，灵感的成分很多。张林浩的棋属于胜负派，行棋时是刀光剑影，血肉横飞。可惜的是，在同一水平线上，求道派往往难抵胜负派，也就是说，完美难抵功利。"

　　"那——如何是好？"

"恕我直言：到了您这个年龄，要改变棋风并非易事……"

"如此说来，只能任由之？"

顾思齐想，我不行，不是还有你吗？

沈雪树忧心忡忡地对顾思齐说："张林浩虽不是我的对手，但我不可能常留此地。"

顾思齐虽然觉得沈雪树言之有理，但想想还是心有不甘。

沈雪树看了看顾思齐，补充了一句：最现实的办法，是带一个弟子！

顾思齐想想，也只能这样了。

沈雪树站起，告辞。跨出顾家大门时，他引颈高歌："谁谓吾徒犹爱日，参横月落不曾知……"这歌词、这歌声，是代表沈雪树的符号。后来，顾思齐告诉义子顾弈仙，这歌声听到了，沈雪树也就找到了。

沈雪树离开了清风镇，他夜色之下的身影，因为七星剑，更显神秘。

林大叔带着侄孙林晓昏走向顾家大院。

林晓昏拂晓出世，出世后有几日昏昏沉沉，故而，他爷爷为他起名为林晓昏。

在顾思齐的眼里，面黄肌瘦的林晓昏是一个放牛娃。

没过多久，顾思齐就对放牛娃刮目相看。

顾府营养可口的饭菜，二爷爷的精心照料，使林晓昏的面色逐渐红润，眼里也溢满灵慧。才十来岁的孩子，眼睛里透出的，是成年人才有的老成。

林晓昏喜欢到小竹林里数竹节。然后，他会透过竹叶仰望蓝天。

林晓昏不知道，小竹林是顾思齐心灵的放飞之处。

那天，顾思齐又在小竹林里念叨着张林浩："难道，书房棋真的不敌江湖棋？"

按照沈雪树的说法，他即使破解了七星谱，也未必能击败张林浩。

远远地，顾思齐看见，林晓昏在小竹林边抬头看天。

顾思齐上前，轻咳了一声。

还没等顾思齐咳出第二声，极有灵性的林晓昏已转过身："三
爷……"

顾思齐排行老三，故林晓昏叫他三爷。

"您好。"林晓昏说完，低头站在一旁。

低头沉默的孩子，让顾思齐心里生怜意。顾思齐走上前去，右手
搭在林晓昏的左肩上，看着林晓昏。他忽然发现，这孩子天庭饱满，
地阁方圆。那一对蓄满了忧愁的双眸，愈显少年老成。

顾思齐曾游过华山的下棋亭，知道陈抟与赵匡胤对弈的故事。这
一刻，他认为自己便是陈抟显世——他发现了棋界的赵匡胤。

顾思齐面对正南方向的七星府，说了一句："从此天下定矣。"

回屋后，顾思齐品着茅峰茶，出神地望着正在院中浇花的夫人。

薄暮升起，柔惠那玲珑曼妙的曲线更具风韵。顾思齐放下茶壶，
慢慢地走到柔惠的身后，轻轻地咳了一声。柔惠转过身来，娇嗔道："你
要吓死我啊！"

顾盼无人，柔惠钩住了丈夫。

顾思齐顺手搂住柔惠："我有话对你说。"

"什么话啊？神道道的。"

"柔惠，晓昏这孩子……"

一提起晓昏，柔惠就双眼泪涟涟："这孩子，可怜！"

"我看这孩子聪慧异常，我想收他为徒。"

"收他为徒——好啊！"

和夫人一拍即合后，顾思齐立马差人叫来林家爷孙。

林大叔带着林晓昏来到客厅。

"少爷有何吩咐？"

"林大叔，我看晓昏这孩子聪慧异常，我想收他为徒。"

林大叔知道晓昏自小便跟爷爷玩棋，但没想到少爷对晓昏是如此看重。林大叔一时语塞。

一旁的林晓昏跪拜："谢三爷洪恩，师父、师娘在上，请受徒儿一拜！"说着，就三跪九叩头。

望着平时无语此刻一反常态口齿伶俐的林晓昏，柔惠和林大叔一时惊诧。

当晚，顾家摆家宴庆贺顾思齐收徒。

酒过三巡，因为高兴，多喝了三五杯的顾思齐以指弹桌，唱起《弈中九仙歌》来：

"国朝弈棋谁最佳……游戏三千与大千……"

如是，林晓昏成了顾思齐正儿八经的徒儿。征得林大叔和林晓昏的同意，林晓昏改姓顾。

五 | 张林浩凝空虚视
顾晓昏梅开春到

　　晨曦未出之时，顾晓昏已被二爷爷叫醒。然后，去了顾思齐的棋房。

　　第一课，顾思齐说起象棋开局要领："三步必出车，因为车的辐射范围大，必须抢占要道；一匹马不要轻进，一匹马将不死对方，还会被对方困住；炮不能轻易发出去，差不多了才能动炮。"

　　那次，在投奔顾府的途中，为解闷，二爷爷曾与顾晓昏谈起过顾思齐与七星府主人弈棋的轶事。二爷爷是说者无意，顾晓昏却是听者有心。顾晓昏当时还问："爷爷，那里有白米饭吗？"

　　瞬间，林大叔的眼泪流了下来："有！有饭有肉。"

　　此时，看着口若悬河、滔滔不绝说棋的顾思齐，顾晓昏冷不防说了一句让顾思齐大吃一惊的话："师父，我要让张林浩成为张老小……"

　　顾晓昏似乎言犹未尽："师父，我一定要打败张林浩。"

　　顾思齐缓缓抬起头，看着顾晓昏，越发来劲："民间有棋谚，'起炮在中宫，比诸局较雄，马常守中卒，士上将防控，象要车相附，卒宜左右攻，若将炮临敌，马出渡河从。'"

　　顾晓昏一字不漏地记下了师父的训诫。

　　不仅如此，顾思齐还把他收藏的几本棋谱，交给了顾晓昏。从此之后，不管是清晨还是黄昏，顾晓昏满眼都是楚河汉界。即使入梦，也是铁马冰河。神游棋中的顾晓昏,似乎忘记了人间烟火。研究棋谱后的顾晓昏,学会了许多棋路,如"乌龙摆尾""四卒攻心""七擒七纵"等。同时,他还研究出了七八种变化。从此,他每走一步不再是只顾一路不管其余,而是多路权衡考虑再三。

顾思齐见状,喜上心头。除了亲授棋艺、断章识句,顾思齐还请来拳师教顾晓昏武术。为了早日完成师父的夙愿,夜阑人静,顾晓昏是一灯如炬,神游在八荒六合中。面对苍茫的楚河汉界,清风镇上那些略显模糊的与棋有关的吉光片羽,就会从心底浮现。

每天下午和晚上,顾思齐与顾晓昏都是打坐对弈,然后是习武。如是三年下来,顾晓昏的棋艺大有长进:顾思齐与之对弈,稍有不慎,便为其所乘。

一次,顾晓昏以中炮开局,顾思齐应以马二过三。在顾晓昏走了马二进三后,顾思齐没有选择既稳健又有反弹力能攻能守的屏风马,而是剑走偏锋进了一步马八进九布局成了单提马。顾晓昏大旗一挥,右车出动,左马盘河,然后弃三兵发动了全面的进攻。顾思齐低估了顾晓昏对单提马的研究,面对顾晓昏的立体攻势,他一时竟找不到良策。苦苦思索后,回天乏术的顾思齐只能签订城下之盟。

一天上午,两人又对弈。顾晓昏上手便田字飞象。

顾思齐见状,心里纳闷:"晓昏,为什么不摆中炮而起手飞象?"

"师父,《孙子兵法》上说:'先为不可胜,而后战胜之。'我上手飞象,就是为了后战胜之!"

顾思齐:"《孙子兵法》,后战胜之?"

"师父,你不是说过'世事如棋,让一着不为亏我;心田似海,纳百川方见容人'。这起手飞象,不就是纳百川吗?"

顾思齐听了,是又喜又愁。喜的是徒儿如此聪慧,愁的是徒儿如此海纳百川,又将重蹈他的覆辙。如果这样海纳百川地去面对江湖杀手张林浩，肯定是铩羽而归了。

顾晓昏思考时，喜欢喝茶。一杯完了，再来一杯。顾晓昏的智慧，似乎就沉浸在茶壶里。他的计谋，在水中融化后，泻到了棋盘上——中规中矩的行棋风格，让顾思齐为他欢喜为他忧。

看着穿过树梢的灿烂阳光，顾思齐茅塞顿开："不能让晓昏步我后尘，应该让他走出书房去闯闯江湖。"

第二天，顾思齐带了顾晓昏去闯荡楚汉江湖。

烟雾缭绕的茶坊：下棋落子声、小调声，声声不断，真正品茗的茶客寥寥可数。

门前的一桌上，一二十来岁的青年和一中年人对弈兴致正浓。青年嘲弄对方："你的棋得绝症了，死定了。"

这就是茶坊吗？一时间，顾晓昏惶惶然。

"要茶吗？"

茶童的声音把顾晓昏的思绪拉回。

顾晓昏要了一壶绿茶。

稍倾，只见顾晓昏放下茶壶，起身，右转。

邻桌的一幅棋图勾住了他：棋盘上，你来我往中的红黑双方行棋丝丝入扣；其态势又如两位武林顶尖高手对决，雷霆万钧之力的一招，却让对手暗指一弹后予以化解。

顾晓昏观之，如痴如醉。他实在没想到，这茶坊里还有这等高手！顾晓昏在高手一侧立了整整一个时辰。此时，他方才进茶坊时的惶惶然已如茶壶里的水汽一样，不见影踪。从此，一年三百六十五天里，他有三百天泡在茶坊，俯仰之间，千金不换。

顾思齐任由顾晓昏与人搏杀，不管是风生水起抑或是风声鹤唳，他始终是持一壶一扇于一隅——除了去方便时随意一瞥。

江湖棋手们的行棋虽然不太规范，但个个是身藏飞刀，常常能走出棋谱中鲜见的着数。江湖棋手行棋时的表情，也很江湖，欺骗性是常有。

　　一次，顾晓昏和一位同样年轻的棋手对阵，顾晓昏已经控盘。对方看到自己败局已定，在走了一步棋后，重重地"唉"了一声。那架势好像是在告诉顾晓昏："我要悔棋！"顾晓昏见状，不假思索地挥炮将军，下一手准备抽车。谁知，当他炮轰中兵时，对方不慌不忙把他的中炮反轰过来来了一次反将。在这一来一去中，顾晓昏的一个车被对方抽掉。举手之间，输赢易主。为此，顾晓昏领教了对方的邪招的厉害。

　　一年下来，茶坊里的常客对顾晓昏是刮目相看，因他吸收了江湖棋搏杀能力后大增的棋力，还有他与人下棋定下的规矩：不可于桌上弹棋，不可在对局时哼小调。对手问其为何？曰：干扰思路，坏了雅致。

　　从小就是饥饱不定，顾晓昏知道饥肠辘辘的滋味。也因此，顾晓昏极富同情心。因为同情心，他又得到了一本江湖象棋秘本《橘中相争》。之后，他又知道了深奥无比的《踏雪寻梅》。

　　《踏雪寻梅》古谱和一批价值连城的古画的传说有关，在江湖上已流传多年。据传，历史上不少人为一睹此谱而兵戈相见，甚至有人身家性命不保。

　　顾思齐怎么也没想到，一不留神，就走进了是非之中，并且不经意间，竟引来了杀身之祸。

　　秋日上午，茶坊。下棋的落子声、小调声声，不断传来。顾晓昏置嘈杂于不顾，弈兴正酣。此时，邻桌传来呼叫："不好，这老人昏过去了。"

顾晓昏闻之，立马站起。

顾晓昏走到老人身旁，见老人的面色是白里透灰，知道是极度饥饿所致。这状况，在以前的他身上是时有发生。"这老人，每天在这里，一天才吃一个包子，已经十几天了。这怎么能行呢？"

老人使顾晓昏想起了在贫病交困中去世的爷爷。

顾晓昏呼叫跑堂，然后，和棋友把两张八仙桌合在一起，把老人抬了上去。随后，两人又为老人喂水。待老人醒来后，顾晓昏又给老人喂了稀饭。

等顾思齐方便归来时，这边的顾晓昏已经料理停当。顾思齐投给顾晓昏赞许的目光。

返回座位后，顾晓昏还不时抬头张望八仙"床"上的老人，无法专心下棋。

当时，棋盘上的局面是红黑双方犬牙交错，顾晓昏的红棋还稍稍占优。如按常规行棋，顾晓昏的红棋是胜、和两条路。但因为心有所挂、神不守舍，顾晓昏一着不慎——输了不应输之棋。

稳过神来的老人听说顾晓昏因他而输棋，过意不去。老人已经知道，顾晓昏是在博彩。老人也知道，顾晓昏根本不在乎那一丁点儿的彩金。他在乎的，是输赢。

晚饭前，老人冒昧叩响了顾家大门。

林大叔问来者："请问大爷找谁？"

"找你们家少爷。"

"大爷，我们家没有少爷。"

"就是那一位在茶馆里下棋的公子。"

林大叔已经知道来者是谁。因为，晓昏已经把茶馆里老人晕倒的事告诉了他。

顾思齐当然是好酒好菜招待。

第二天晚饭前，老人又来。顾家是好菜好酒招待。

第三天晚上，老人复又上门。顾思齐是一如既往。

第四天上午，老人又到顾家。这一次，老人说今天不吃饭，是来告辞，准备离开清风镇。

顾思齐对老人说："大爷，您不要四海为家了，就在这里和林大叔做个伴。"

老人没有接受顾思齐的盛情。

老人的话，让顾思齐吃一惊："实不相瞒，我本是秀才一个，只因赌棋兴浓，才落得孤身一人。谢顾老爷美意。"

老人从怀中取出一个布袋，布袋里，是一本书。"今天，我当宝剑赠英雄。"老人双手捧书，交给顾思齐。

顾思齐看到那一本书，立马双眸生辉。黄色的封面上，《橘中相争》四个大字呼之欲出。

顾思齐早就听鲁状元说过《橘中相争》：《橘中相争》概括了明朝以前的象棋马炮相争之秘局，并总结了明朝以前马炮之争的艺术精华，成为象棋发展史上一个重要的里程碑。此书自诞生以来，仅赖手抄孤本传世。其间，该书历经坎坷，载沉载浮，几遭覆灭，劫后余生。即使不论此谱的艺术价值，其云龙九现、扑朔迷离的由来，已是传奇。

《橘中相争》书名的由来，带有传奇色彩，来源于唐朝大臣牛僧孺所著《玄怪录》中的一个故事：巴邛地区一大户人家花园里，种有一大片橘子树。一年秋天，有一株橘树长了一个非常大的橘子。主人感到好奇，摘下橘子剖开，竟然看到橘子里有两位老人，相对而坐在下棋。听到其中一位老人对对方说："你已输我瀛州玉尘斛、龙缟袜了，以后到青城草堂可要还我！"

以《橘中相争》相赠的老人姓秦，单名一个鸦字。老人原本叫秦雅，后因嗜赌，他唯恐有损雅字，自改"雅"为"鸦"。

顾思齐对《橘中相争》虽然是叹为观止，但也不想夺人所爱。起初，他是坚决不受，但是听了老人的话后，收下了《橘中相争》。

秦雅："你想想，万一哪一天我去和张林浩博彩，输给他怎么办？"

喜得《橘中相争》谱后，师徒俩整天在"得天助"中拆解，最终，把《橘中相争》谱拆得倒背如流。如是，顾晓昏的棋力又增。又因为经过了与江湖棋手的斗智斗勇，顾晓昏的棋又有了野劲。楚河汉界的惊涛风云，已经充斥了他的内心世界。

半年前，顾思齐和顾晓昏弈棋还让一先。所谓一先就是每盘棋都让对方先走。

这一先便是个境界，棋到了顾思齐和顾晓昏这个层次，棋要想再长一先是难于上青天。

常常是这样，看罢棋谱或实战对局后的顾晓昏，在棋盘前闭目打坐，如高僧一般，处在虚静的状态中。

野劲和虚静，让顾晓昏的棋力一路走高。

顾晓昏的这野劲，让顾思齐有点招架不住。

一次，两人对局。开局伊始，双方是步步为营层层设防。明争暗斗了一个时辰，谁也不能遣一兵一卒于对方阵地建桥头堡。进入中局后，顾思齐感受到了之前与顾晓昏对局中前所未有的压力。如今的顾晓昏的中局，搏杀能力实在太强！中局时，咄咄逼人的顾晓昏逼着顾思齐跃上悬崖做生死一争。久经沙场的顾思齐面对棋盘，一时间竟茫茫然不知所措。终于，他得以领教了顾晓昏揉入江湖棋的野劲。在缠斗不休的细腻残局中，顾晓昏又显示了深厚功力和精湛技巧。

这一盘棋，顾思齐虽然输了，但是他却非常高兴。

顾思齐知道，顾晓昏现在的棋力，已经是十分了得。甚至于连江南棋王沈雪树，可能都不是他的对手。

顾思齐看着已长成大小伙子的义子，自言自语："五年过去了，应该出手了！"

几天后，顾思齐向"七星府"馆主张林浩下了一道挑战书，约张林浩与其养子顾晓昏对弈五局一争高低。

张林浩接到挑战书后，随手将挑战书一甩："我在江湖已混有几十年，还怕你这么一个龟孙子！"

一连十余杵的钟鸣，噌吰幽远，从清风寺的漫漫灯火中漫开，漫向黎明，漫向远方。几只飞鸟，被清风寺的钟声惊起，叽喳鸣了几声后，在清风寺的琉璃金身和华彩的光影中掠过。

已是黎明时分，秦淮河上，早已是灯残曲倦。

河上，仅有一画舫在水中摇荡。一阵咿咿呀呀的歌声和嘈嘈的弦管声，在河上轻摇。

几多歌妓中，夹杂着一个男人。

张林浩痴迷地望着怀抱琵琶的歌妓。片刻，张林浩走上两步，情不自禁地想去抚摸。几位年轻貌美的歌妓没有躲闪："客官，只能到此！你知道，我们这拨人，是卖艺不卖身的。"

一时间，张林浩是进也不成，退也不是。这位在棋盘上挥洒自如力斩三军的棋霸，一时间霸气全无，僵在了那里。

歌妓们见状，没有闲着，继续程式化地表演："感谢客官赏钱。"

张林浩看了看画舫一侧双手抱胸的彪形大汉，付了赏钱。

纠缠于歌妓之中，不能享受脂粉腻香的张林浩，登上岸去，消失在一扇朱栏竹帘中。

无独有偶，多少天过去之后，那个后来成为张家镖主的张镇西也步了张林浩的后尘，走进同一首画舫。痴恋红尘的张镇西，看着色艺超群的琵琶女，听着大珠小珠落玉盘的琵琶声，哀叹自己无法每晚怀拥绝色佳人而眠。

秋日，下午，张林浩与顾晓昏按约相搏于茶坊。

在比赛之前，经过双方同意，推荐了一个公证人。公证人左右手各握黑色或红色棋子一枚，让一位棋手猜先。

从明朝开始，象棋的游戏规则已经是黑先红后。

经过猜先，张林浩猜中了黑棋。这样，在五战三胜制的对局中，张林浩已得便宜。

高手对局，谁执黑先行谁占优。就如两个狙击手对射，先扣动扳机者，自然是占了先机。

第一局，张林浩是步步为营层层设防，顾晓昏是着法绵密外驰内紧。局面冷着横飞，其间假象纷呈。双方明争暗斗一个时辰，谁也不能遣一兵一卒于对方阵地建桥头堡，于是握手言和。

前四局，都是谁先走谁胜。四局下来，双方二比二战平。

二比二的结果，顾晓昏可以接受，但并不满意。因为，对局过程中每每在被动变为主动即所谓反先时，顾晓昏总是把握不住，非但没有战成和棋，反而拱手把千辛万苦争来的大好江山让给对方，变胜棋为输棋。而当顾晓昏执黑先行时，则是滴水不漏地完胜红棋张林浩。

第五局，是一盘和棋。

前五局之所以打成平局，原因之一是顾晓昏与张林浩大斗顺炮。斗顺炮符合张林浩的江湖棋风。这顾晓昏的本意是要用张林浩最擅长的斗炮局将其斩于马下。这样的话，赢的就不是几盘棋，而是在心理上将对方彻底击垮。遗憾的是，顾晓昏没能如愿。

在前面五局中，三次执红后走的顾晓昏都是还对方一着顺炮。顾晓昏没有料到，张林浩已对顺炮做了精心的研究。第三局进入中残局时，顾晓昏一着马跳檀溪，直捣黄龙。早有防备的张林浩集中优势兵力，围攻顾晓昏的孤马。顾晓昏出车援救，但远水难救近火。孤马被对方拿下，己方子力大亏，颓势难挽。

第六局，重新猜先后顾晓昏还是执红后走。

第六局，经过深思熟虑后，后走的顾晓昏决定不和对方斗炮，而是应了一个从《橘中相争》中得到的屏风马布局。屏风马布局在开局中，被称为铜墙铁壁。这是一种坚不可摧、后发制人的布局。这一次，顾晓昏意在避开张林浩的锋芒，以柔克刚。

这一局，张林浩见顾晓昏还分布成屏风马布局，沉思良顷后，张林浩是妙手惊天。他不先起横车也不出直车，居然急冲中兵过河。平素，一般的对手遇到急冲中兵过河强攻的布局，会束手无策。一时间，顾晓昏也奈何不了张林浩。

局面冷着横飞，其间假象纷呈。

张林浩飞马横车配合中炮，露出了平日的峥嵘。而顾晓昏面对横冲直撞的对方黑子，是成竹在胸：只见顾晓昏飞相上士，右车过河压住对方左马，又飞炮过河打马。中局时，密布机关的顾晓昏卖了个破绽，巧弃七路兵，诱使张林浩平车捉炮，然后驱边兵暗度陈仓。不知是计的张林浩兑车捉炮中套。弃炮后的顾晓昏，全盘棋子活跃。贪吃一炮的张林浩，处处被动挨打，半壁河山被牵。

眼看边炮劫数难逃，张林浩一时大惊失色。这个时候的顾晓昏，托腮一笑。然后，他仰起头来，看了看屋顶。一旁的顾思齐看到义子的架势，知道张林浩劫数难逃。

河界三分宽，计谋万丈深。顾晓昏那呼风唤雨的法力、出神入化的韬略，让一旁的顾思齐叹为观止。

顾晓昏的红子左腾右挪，进退自如，威力得到最充分的发挥。此时的顾晓昏是气势如虹，弃炮后开始化虚为实。

进入残局，虽然是车马炮三兵对车马炮三卒，但顾晓昏的炮镇中路，马扑卧槽，车占要道，且三兵左右分路直扑将门，占据了优势。只要算度准确，接下来便是几步能成杀的问题了。

顾晓昏再次抬头。

张林浩面容枯槁，神情恍惚，时而摇头，时而凝空虚视，继而，额上冒出了汗珠，败相已显。前面骂人家是龟孙子的张林浩，此时是头朝里一缩，成了"乌龟"。

顾晓昏以高度的战术运用和战略转换，梅开春到。

最终，张林浩拂乱棋子："我输了！"

张林浩重重地倒在了椅子上。这一倒，便使江山易主。

顾晓昏为义父唱了一出翻身道情。

一旁观战的棋迷们望着顾晓昏，赞叹道："弈仙，真是弈仙也！"

从此，顾弈仙便成了顾晓昏的大名。

六 | 贺太监造访顾府
秦淮河幽梦现身

    应天城里，有一个叫贺大林的太监，乃河北沧州人氏。这个武艺高深的贺大林，也是个棋迷，平时喜欢结交棋友。

    听了顾弈仙为养父一雪前耻的故事后，贺大林带了几个随从专程去了顾府。

    "大人，您……"

    关于贺大林，顾思齐是早有耳闻。看到贺太监上门，顾思齐是如临深渊。

    稍坐片刻，贺大林声称要和顾氏父子交个朋友。

    顾思齐无法拒绝也不敢拒绝这样的朋友。他知道，这个朋友，是交也得交不交也得交；他也知道这个朋友，交不好可能全家性命不保。

    这以后，贺大林每个月都要来顾府一两次，每次都要待半晌。每次和顾弈仙弈棋时，贺大林总是支开顾思齐，并且要顾弈仙关门闭窗。

    顾弈仙不知道，这贺大林为什么让他关门闭窗。

    也算是回报吧，顾弈仙陪贺大林弈棋后，贺大林总是要教顾弈仙几招不轻易授人但很有用的武术招式。

    那日，贺大林又来到顾府。棋子摆好后，贺大林迟迟没有动子。顾弈仙心想，看来今天这家伙要真人露相了！

又过了片刻，贺大林让顾弈仙关窗闭门，然后，神秘兮兮地对顾弈仙说："后生，杂家有事相求。"

贺大林怪异的眼神，让顾弈仙感到前所未有的压力。

贺大林小心翼翼地从身上摸出一张图。顾弈仙一看，是一个象棋残局。

贺大林收回注视着顾弈仙的目光，环顾了门窗和四壁后，告诉顾弈仙："这残局谱叫《踏雪寻梅》，如果能拆解，就能得到一大笔财宝。我棋力有限，只能托你的神力。此事成后，我们俩各取一半。"

"各取一半，可能吗？"顾弈仙似乎闻到了空气中的血腥味，还没有开始，他已经在考虑如何脱身。

一旁的贺大林见顾弈仙心不在焉，又追问了一句："我的话，你听到了吗？"冷静下来的顾弈仙淡淡地回了一句："我对这残局谱很有兴趣，但对那个财宝没什么兴趣。"

"这件事，对任何人都不能提，包括你的义父！"

顾弈仙听出了贺大林声音里的杀气。

贺大林走了。

顾弈仙和顾思齐一起愣住。

望着心事重重的义子，顾思齐无语。他们俩都知道，一旦得罪了贺大林，得罪了东厂，性命难保。

晚饭后，顾弈仙走上竹林小道。小竹林让顾弈仙无限留恋。此时此刻，小道旁摇曳的小草和潺潺的溪水一起弹拨着一首忧伤的歌。那些本来就婆娑多姿的竹子，衬托着高远湛蓝的天幕，好像披着一条浅红色云霞的飘带。走进竹林深处，顾弈仙看到柔和的余晖正透过竹子，在竹林里投下了形状奇特的影子。这明暗交错的投影，使单调的地面布满情趣。

顾弈仙倚在竹秆上，轻轻地合上双眼，一任两条细小的溪流从他的眼角滑落。他顺手摘了一片竹叶，放在嘴里咀嚼。然后，仰视天幕，喃喃自语："师父、师娘，不要怪我！"

几天后，一件事传遍了清风镇的大街小巷：因为秦淮河上的姑娘，顾弈仙与师父顾思齐闹翻，离开了顾府。顾弈仙住到了东厂贺大林处。

顾弈仙走得很坚决，坚决到绝情绝义！

乡邻们闻知此讯，都说顾弈仙不仁不义。

此时的顾府，茶余饭后的顾思齐和林大叔是忧心忡忡。

顾思齐一直念叨着："孩子，你好吗？"

有时，顾思齐和林大叔会潜行至贺大林处，远远地，望着那两扇寒意重重的大门，一任寒风吹拂。

每一次，他们都是带着遗憾而归。

一个月，两个月……

一年过去了，顾弈仙一去不返。

两年过去了，顾弈仙仍是一去不还。

顾弈仙这边，也是忧心忡忡，他甚至不敢想二爷和养父。

闲来无事，顾弈仙便到秦淮河边漫无目的地逛着。

顾弈仙一招手，一叶小舟驶来。

画舫在河里荡去荡来，小舟左穿右行于画舫中。

放眼望去，画舫中的俊秀少年和绝色女子尽入眼帘。顾弈仙兴奋异常，心想这金粉之地，果然名不虚传。一时间，顾弈仙甚至忘记了自己的处境。

两个时辰过去后，顾弈仙甚感疲倦，因为平素习惯了沉思默想，这勾栏瓦肆之地，歌舞升平的热闹场面，顾弈仙一时难以融入。为清静耳目，顾弈仙让船夫驶向一处僻静之地。

秦淮河的天色一直阴沉着。到了下午，终于下起了秋雨。雨势不算太大，但寒意袭人。

顾弈仙与幽梦姑娘的相识，就是在黑云下，那一艘摇曳的画舫之上。

远远地，传来了一阵琴声。那曲调，时悲时喜。琴声忽如秋风扫残，悲凉凄恻，忽如万马奔腾，壮烈雄伟。顾弈仙侧耳细辨，知道那是竹林七贤中嵇康的神来之笔《广陵散》。

顾弈仙在贺府见识了不少有才华的女侍，能弹琴者更多，但如此传神的《广陵散》，顾弈仙是第一次听到。

被那琴声勾着，顾弈仙让船夫寻琴声而去。

画舫只有几艘，岸上游人少见，环境清幽。顾弈仙遥见前方停着一艘画舫，琴声正是从那里传来。画舫后面，有一株柳树。知道顾弈仙想看看画舫上的弹琴人，船夫划舟而去。

顾弈仙被那首古曲吸引，细细打量画舫里的景况。画舫雕刻一新，窗明几净。画舫里坐着"一红一素"两个女子，容貌自然是非常美丽。两个女子低声说笑，很是娴雅。尤其是穿素色衣服者，更是娴静温婉。素色女子对面坐着的女子穿粉红衣衫，年纪稍小，很是天真。画舫的桌上，放着一些瓜果点心。

顾弈仙命船夫停船，看了半晌。只见素色衣者拿起琵琶，校正了弦，轻弹起来。对面的女子依着弦声引吭，歌声婉转悠扬，缠绵悱恻。这一切，让顾弈仙神往。顾弈仙觉得这琵琶和歌声，实在是美妙异常。顾弈仙想过去搭讪女子，但又不敢冒昧。

阅人无数的船夫读懂了顾弈仙的心事，问他："客人！这琵琶弹得好吗？"

"好，好极了，真可谓是空前绝后！"

"客人真有眼力！这可是应天第一琵琶高手！"

听了船夫的话，顾弈仙知道，船夫应该知晓女子的底细。

"她叫什么名字？住在什么地方？可不可以到她家里去坐坐？"

"客人别性急！听我来慢慢说！她叫幽梦。大家都称她为'应天圣手'。穿红衫的女子是她的婢女。幽梦本来也是良家出身，后来因为战事，家人都死了，为生计所迫，才出来弹琵琶。虽说是卖艺，可脾气却有点古怪。粗俗的人，上不了她的画舫！"

此时，那画舫已摇开。望着摇开的画舫，顾弈仙问："这幽梦住在什么地方？"

"很近，莫愁湖畔第三家，在绿杨荫里的一角小楼，便是她家。客人有兴，不妨去走一走，不过她肯不肯招待你，就要看你的运气了。"

顾弈仙看着远去的画舫，一时十分惆怅。而船夫的一席话，又让他释然。顾弈仙打算隔日去拜访这琵琶女。

第二天，顾弈仙就去了琵琶女的住处。楼外花木茂盛，非常清雅。河房的露台上，一个淡妆女子正倚栏眺望，轻轻吟唱。

顾弈仙叩门，开门的是昨天穿粉红衫子的婢女。顾弈仙说："我是游客，久慕应天圣手大名，特地来拜访。"

婢女听后，让顾弈仙在外边等候，她进去通报。

顾弈仙站在那里，听着抑扬顿挫的琵琶声。

等了多时，未见婢女出来，待琵琶声停止后，婢女方出。

顾弈仙随婢女走向客厅。

风过帘栊，拂出一股淡淡的幽香，只见洁白如玉的纤手，从湘妃竹榻旁斜出。那双手轻轻地弹拨着琵琶，而后又静止于空中。低眉垂眼的幽梦终于扬起了头，顾弈仙没想到，世间还有如此之美的女子。

较之昨日，幽梦今天的打扮更是淡雅素净。

顾弈仙呆呆地看着幽梦，竟然没有忘记来意："久闻小姐芳名，如果能赐弹一曲实属万幸。"

顾弈仙情迷琵琶女

幽梦没有拒绝，她让婢女取出另一把琵琶。琵琶非常精致。幽梦的玉指在弦上轻拢慢捻：琵琶声便忽而低如弃妇泣诉，呜呜咽咽，忽而又像波涛澎湃，风雨交加。顾弈仙闻之，如痴如醉。

一曲弹罢，幽梦致了谢意。顾弈仙问："这首曲子幽静和雄壮，兼而有之，真是人间难得，这曲子是何人所写？"

"这曲名叫《花中尤物》，出自我手。"

这幽梦既能弹又能写，让顾弈仙十分钦佩。

夜风吹起幽梦单薄的衣衫，仿佛一朵娇羞的花，随风摇曳。顾弈仙还感到，幽梦的琵琶声里透出了一丝森寒的冷意。

休息片刻，幽梦命婢女以香茗招待顾弈仙。顾弈仙请幽梦再弹一曲以饱耳福。

因盛情难却，幽梦再次拿起琵琶，弹起了《楚汉相争》。

顾弈仙侧耳细听，如痴如醉。当幽梦弹到楚汉两军决战时，顾弈仙感觉天崩地裂、屋瓦震动。这琵琶声里，有战鼓声，有鸣金声，有士兵呼啸声，还有战马嘶鸣声和刀枪的击碰声。忽而万籁俱寂，继而是凄凄楚楚秋虫的鸣声，草木的摇曳声，哀怨的楚歌声，凄凉而雄壮的是项羽的慷慨悲歌声，呜咽低泣的是虞姬的叹息声。楚兵战败后，传来的是骑兵的追击声，以及败兵的溃败声。

开始是兴奋，继而是恐惧，终极是悲哀。弦索戛然而止，万籁俱寂。

顾弈仙拍手叹绝。

许久，顾弈仙说道："白香山《琵琶行》里说：'大弦嘈嘈如急雨，小弦切切如私语，嘈嘈切切错杂弹，大珠小珠落玉盘。'我先前以为是言之过甚，今天一听妙奏，知道白香山所言是也！小姐不愧是'应天圣手'！"

幽梦谦逊回应："过奖！过奖！"

幽梦见遇到了知己，兴犹未尽，复弹一曲。

这一次,顾弈仙听到的是金声四逸,凄凄切切。一曲终了,久有回响。

二人又畅谈多时,顾弈仙才依依不舍告别。

顾弈仙非常感谢义父:是义父让他一日三餐不愁,让他饱览楚河汉界的智慧,让他知晓音韵悠扬的妙趣。

貌若天仙的幽梦,是琴棋书画皆精,技艺超群。顾弈仙已被幽梦倾倒,一日不见,如隔三秋。

以后,只要有空,顾弈仙便登上画舫,或者,去绿杨荫里的那一角小楼。两人弹琴赋词,彼此倾心,常常是在不知不觉中已到黎明。

秋高气爽的下午,顾弈仙趁贺大林午睡时,溜出了贺府,又一次来到了秦淮河上。

得知顾弈仙被画舫吸引,贺大林起初是不以为然。时间一长,看到顾弈仙魂不守舍,他有些不快:"你这般心系画舫,我何时才能雪里寻梅?"

那日上午,贺大林与顾弈仙又在红黑论道。

贺大林与顾弈仙的棋力,在马一先与马三先之间。平素,顾弈仙让贺大林一匹马,又由贺大林先行,采取的是升降法。一般来说,几盘棋下来,顾弈仙会将棋定位在马三先。也就是说,每次下到最后,顾弈仙都让贺大林一匹马,还要让贺大林动三个子先走三步。

这一天的对弈有点不同寻常。

知道自己心系幽梦的事情已经泄露,顾弈仙感到山雨欲来。他担心日后生变连累幽梦。

因为走神,顾弈仙乱了方寸,把一盘本该赢的棋下输了。

"看来,还真让我点中穴位了!"对面的贺大林诡异一笑,"如果你看中幽梦姑娘,不妨明媒正娶结为秦晋之好,省得浪费时间。"

"谢谢您的美意,我只是去听她弹琴一饱耳福,对幽梦没有男女之情，我怎么会看上一个歌女呢？"

顾弈仙的一番话，让贺大林半信半疑。贺大林转念一想，还是认可了顾弈仙的说法。顾弈仙不可能去找一个歌女！他怎么会去找一个歌女呢？年轻人嘛，只是玩玩！

棋盘对面的顾弈仙心里念叨：幽梦，原谅我的口是心非！

盘外斗智后，回到盘内。

本来，两人之间的棋力就悬殊，为了保护幽梦，聚精会神的顾弈仙稍一发力，连下贺大林两城。

这一天，贺大林一直被顾弈仙锁定于马三先。

被顾弈仙锁定于马三先的贺大林虽然连战连败，心里却十分高兴。顾弈仙对幽梦既无非分之想，那么，棋谱《踏雪寻梅》，便是破解有期。

从此以后，顾弈仙去与幽梦幽会时，都是半夜而去，凌晨而归。

幽梦曾问顾弈仙："你似乎有什么事瞒着我？"

"没有！"

"没有就好！那贺大林可是心狠手辣之辈，你一定要当心！"

"你也知道贺大林？"

"我当然知道……"

至此，顾弈仙才知，幽梦不但和贺大林是老乡，还沾亲带故。一瞬间，顾弈仙是五味杂陈。他想幽梦住着这么好的一处大宅子，是不是沾了贺大林的光呢？

一想到幽梦的为人，顾弈仙又自责起自己的杂念。

顾弈仙应该自责！因为幽梦虽然和贺大林沾亲带故，但这一份亲和这一份故的距离，是远到八竿子也打不到。之所以远到八竿子也打不到，是因为贺大林根本就不知道这幽梦和他的关系。更让顾弈仙始料未及的是，一年之后，当他从贺府神秘出走后，贺大林因为寻他不着，泄恨于幽梦。

不知是杂念使然，还是为了保护自己，顾弈仙没有在幽梦面前透露过一星半点有关《踏雪寻梅》谱的消息。倒是幽梦，在贺大林的门徒前否认与顾弈仙的你情我恋，说顾弈仙只是她的一个客人。

"你只是我的客人吗？"两人在情爱之后，幽梦问顾弈仙。

顾弈仙没有回答，只是看着幽梦。

"看来，你也不想回答。"

顾弈仙上去，拥住了幽梦——很久。

幽梦知道顾弈仙有难言之隐，只是不知道这隐之所在。

等到幽梦知道这隐之所在时，顾弈仙和她已是一别千里。从此，幽梦眉眼间的忧郁和寂寞，就成了远方的一朵孤云。

除了幽梦，顾弈仙还担心二爷，担心义父全家。而这一次，顾弈仙是去留难舍。

二爷终老，不去不孝；如果去，到时候稍有不慎，几年的心血恐付诸东流，弄不好，还会招来杀身之祸。

二爷终老的消息是贺大林带来的。贺大林用漫不经心的方式，说出了久经考虑的话："我想，你应该回去一次了。"

"回去，回哪里？除了这里，我早已无处可去！"

至此，顾弈仙确认：贺大林从没放松对自己的监视。

顾弈仙知道，贺大林是在试探自己。顾弈仙亦知道，贺大林希望自己前往顾府。这样，贺大林可以再试他与顾家的关系。

终于，顾弈仙又回到了顾府。

顾思齐见到顾弈仙，非常激动：心想没有什么明显的变化，仍然瘦削，只是多了棱角，少了飞扬。

但他却把激动深藏于心，冷眼以对顾弈仙："这个地方，不欢迎你！"

顾思齐知道，贺大林的手下，正环视左右。

从顾府出来，经过顾府门前的空地，顾弈仙看到空地上有女子和幼童在玩蹬梯子的游戏。一女子躺在一张桌子上面，女子的两足将梯子蹬立，幼童从梯子中间翻转或者穿越戏耍。幼童穿越时，一旁有其他幼童唱着新的童谣："林晓昏，昏晓林，求荣卖主不要脸。"那穿越的幼童也非常配合，穿过梯子站立后，双手捂面。

顾弈仙听到这讽刺他的童谣，五味杂陈。回贺府的路上，顾弈仙的脑海中是一片茫然。茫然之后的顾弈仙从义父的冷漠和幼童的歌谣中知道，是离开贺大林魔爪的时候了。

这边的贺大林认为，随着顾弈仙二爷的去世，顾弈仙与顾家再无半点瓜葛——除了还姓顾。

一年后，从贺府里传出了一个消息，因为和贺大林闹翻，顾弈仙神秘出走。

在逃离应天赴古山的途中，顾弈仙一直感到，有一张无形的网笼罩着他。到了古山，看到了长者、少女和"踏雪寻梅"的残局后，他才真正感到那张网并非虚罩。与此同时，他也感到了杀气在一步步逼近。

七 | 大黑狗一声哀鸣
丁相仲命丧应天

　　丁相仲是江南宁波人氏，但祖籍却是山东诸城。丁家人丁兴旺，成年人大都经商。丁家有重商轻艺的传统。

　　丁相仲是一个浪迹江湖的棋人。因此，在不知内情的人眼中，丁相仲是一个闲人。丁相仲在浪迹天涯四海为家的游历生涯中，以棋会友，棋力大增。

　　《踏雪寻梅》谱是丁家的家传宝物，传男不传女，且只传嫡长子。但后来棋谱却失传了。

　　丁家的每一代男人中，总有一位忍辱负重常年在外"寻宝"。尽管每次都有辱使命，却也从未亡命他乡——丁相仲是个例外。

　　丁相仲与曹逸琴是指腹为婚。浪迹他乡的丁相仲回家完婚后，又匆匆告别了家乡月光下的石板桥。

　　一年后，丁相仲返家。此时的曹逸琴，已为丁相仲生了一个大胖儿子。

　　看着一天天长大的儿子，看着沉浸在幸福中的曹逸琴，丁相仲似乎忘记了寻宝之重任。

　　直到有一天，老爷子与丁相仲进行了一次正式的谈话："为了你的儿子，为了我的孙子，你必须走！"

曹逸琴抱着儿子，泪眼婆娑地与丈夫作别："为了儿子，你要早点回来啊！"

丁相仲也是依依不舍，一步三回头。

丁相仲是一个棋人，也是一个文人。正因为是文人，丁相仲就不但有怜香惜玉的柔肠，也有拈花惹草的习惯。常常是，进了勾栏，与红颜一番鱼水之乐后，还会赋诗一首。

红颜们与之分手时，也会纷纷流泪。

如果，丁相仲不是文人，只是一个棋人，他就会理智许多，可能就不会因怜香惜玉而命丧他乡。

郑伟平是郑祥和的侄子，是一个自小就在红黑纷争中沉浮的棋迷。小棋迷郑伟平没想到，不久以后，他会随丁相仲一起，去畅游楚河汉界。

茶坊是丁相仲寻宝的首选之地，也是丁相仲走向不归路的开始。

那天，丁相仲又去了茶坊。丁相仲喝茶的动作很独特：喝一会儿茶后，便要闭目几分钟。

黄隐是茶坊里的常客。

黄隐知道，丁相仲没有离开的意思。丁相仲泡在茶坊里已有十几天。

悄无声息地，黄隐来到了丁相仲的面前。

因为无声无息，只是一团黑影，反而引起了丁相仲的注意。丁相仲睁开了双眼。

黄隐小心翼翼地问道："我没有碍你的事吧？"

丁相仲："不碍事，我也没事，只是在喝茶。"

黄隐："看你的架势，不是在喝茶，是在品道。"

对于丁相仲而言，茶就是道，道就是茶。看到黄隐能理解自己，丁相仲自然是十分高兴。

由于交际广泛、耳目灵通，常有人托黄隐办事。

这一次，又有人找黄隐了。来者是托黄隐为其侄找一位象棋老师。冲着那赏钱，黄隐是满口应承。答应之后，他心里却在犯嘀咕："找什么老师，你自己不就是老师吗？"

仅仅只看过丁相仲的一盘棋，黄隐就知道了丁相仲的厉害——当时的丁相仲，不费吹灰之力，对付茶坊里的高手黄天宇是轻而易举。

这样，黄隐就知道丁相仲能胜任这个差使。

黄隐见丁相仲无所事事，棋力又甚，当然要促成这好事："祥和典当铺的掌柜，要为他的侄子找一位象棋老师，而且还管住，不知你有没有兴趣？"

平素，丁相仲常住客栈。客栈虽有不便之处，但却是迫不得已。然而，这么多年来，住客栈里的丁相仲一直是寻人不着。常年住客栈的丁相仲也早已心烦，正想换一个环境。听到黄隐所提之事，当然是一口答应。

其实，丁相仲已去了一次当铺。

那天，闲来无事的丁相仲去街上闲逛，不知不觉中走到了当铺。吸引他的不是那个夺目的"当"字，而是"当"字底下的那条大黑狗。那条大黑狗，使他想起了他们家中的"大大"。顺着大黑狗的绳套，丁相仲的目光移到牵绳小孩的脸上。那小孩的长相，让丁相仲想到了父亲。想到父亲之后，丁相仲的神情便凝固起来。

还好，只是一个七八岁的孩童。不然的话，他会怀疑这孩童是不是父亲又一次风流的产物。

丁相仲想上前与小孩搭讪。还没等他开口，"当"字墙右侧的大门里闪出一个年轻妇女："伟平，回家吃饭……"

丁相仲痴痴地看着那妇女、孩子和大黑狗的背影，愣在了那里。他的心，却飞回了宁波。

路上，黄隐对丁相仲说，郑家给的钱不少。

"多少？"丁相仲问。

黄隐："管吃管住，半年还有十块碎银。"

丁相仲："半年十银是不少。"

黄隐："郑家伙计都是这个价！"

"都是这个价？"

半年十银的价不低，但丁相仲听到郑家的伙计都是这个价，他有了想法。

当铺大门左右各有一堵大青砖的墙面。每一堵墙的中间都有一个大大粗粗的正楷字。大门右边的墙上是一个"典"字，左边墙上是一个"当"字。字的周围，有一圆圈，当字和圆圈皆是凸面。所有的凸面，全部涂以黑色。这些黑色的凸面，凸在青砖之上，分外夺目，愈显森严。

"祥和"的木质门牌店名，高悬在一侧的门廊之上。店名是隶书写就，涂的是金黄漆。

黑色的"典""当"两字，与木质的小小的飘逸的隶书写就的金黄色的祥和店名，形成了极大的反差。而"典""当"两字的威严，更显"祥和"的祥和与亲切。原先因"典""当"两字望而却步的典当户，又因为祥和的温暖，便身不由己地推门而入。

走进当铺的一瞬间，丁相仲有一种梦里依稀的感觉。当丁相仲的左脚刚一踏进当铺，忽然吹来一股阴风，随即又蹿出了一条黑狗。那黑狗欲吠又止，它环绕着丁相仲嗅了几嗅后，发出了一声哀鸣。丁相仲忽然感到这黑狗似曾相识。

相识于何处呢？

非常遗憾的是，丁相仲忽略了当时的感受。

丁相仲把心思都用在了女人和寻谱上，以至于他常常对这之外的事视而不见。

其实，在丁相仲宁波的老家，也有几条狗，而且，皆是黑色。那黑色的老母狗就叫"大大"。大大异常聪明，除了不会讲话，什么都懂。

上一次，丁相仲返家时，正值大大预产期，大大生了一公一母两条小黑狗。

小狗一个月大时，家人把小狗置于膝盖。大大不忍心拒绝家人，但因家人碰了它的狗儿狗女，它又内心不安。于是，它就把两条前腿搭在家人的膝盖上，然后，两眼盯着家人的那一双手。只要家人的手离开它的宝贝儿女，它就上去用舌头把宝贝小狗的浑身上下舔个够。

有时，家人看到大大神闲气定地散步于客厅，便与它玩耍："有人要小狗！"大大一听，立马转身直扑狗窝。

丁相仲不知道，祥和当铺的那条大黑狗，与他宁波家中的大大，有着血缘关系。

此刻，这一股阴风和那一条黑狗，于丁相仲而言，是一个暗示，暗示了他这一回的不祥之行。

宁波话里的"大大"和南京话里的"当当"，几乎是天南地北。正因为此，丁相仲也就听而不闻了。

祥和当铺后院。

郑家伙计唤来了郑伟平。才六岁的郑伟平人小心不小，一上来就说要试一试丁相仲的棋力。

看到了郑伟平，丁相仲又想起了宁波老家。

丁相仲的走神，被郑祥和尽收眼底。

回过神来，丁相仲对小伟平说："啊，孩子，怎么个试法？"

"我和你弈一盘江湖残棋。"

"江湖残棋？你一个小小的人儿，也懂江湖？"

郑伟平在楠木的棋盘上，摆下了一副名曰"雨打芭蕉"的残棋。

"怎么下？"

"你拿红棋，和棋算你赢！"

"好。"

郑伟平执黑先行，只见他马踏卧槽又让左右两个黑卒齐头并进，来了个"二鬼拍门"，直捣黄龙。一时间，丁相仲红棋的九宫外是黑云压城，风声鹤唳。

一侧观棋的黄隐是心急如焚——你这个丁相仲还想吃棋饭，连一个小孩也玩不过，你这一丢人，我的脸也让你丢了。

丁相仲面对棋盘轻轻地说了一个"好"字！随后，便使了一个破绽——献双车喂黑卒。先前一直是主动出击势如破竹的黑棋，被红棋鲤鱼翻身后，以一马一炮给了黑棋一个"马后炮"的绝杀。

"怎么回事？"

郑伟平愣在了那里，咬牙切齿恨恨地说："这种下法，他们没有教过我。"

"谁？谁没教过你？"

"以前的三个棋师。"

"以前的？三个！"

听到这里，丁相仲才知道，在他之前，已经有三个棋师教过郑伟平。他想，他们家居然已请过三位棋师，这一次的我，是第四位了。为什么？

如果像下棋一样，丁相仲按照这思路顺势而下，应该会看出其中奥秘，如果看到了奥秘，他肯定会找到破解之术。如是，他就不会命丧应天。

遗憾的是，这一次，丁相仲又没有继续下去！可惜啊！

棋盘上的丁相仲，应变能力极强；棋盘外的丁相仲，适应能力太差。

丁相仲拍了拍郑伟平，和颜悦色道："江湖残棋大部分是骗人的，因为江湖棋手要靠这骗招混饭吃。江湖残棋又叫'大炮棋'，雷声大雨点小，看似雷声隆隆，但你只要避其锋芒或主动弃子，就能反败为胜。最重要的一点是，下棋时不能墨守成规，要有应变能力！"

一旁的郑祥和想："亏你老实，不然的话我半年十银也不给你。"

郑祥和已经用他鹰一般的眼光，扫视了浪迹江湖的棋客丁相仲：虽然是寒碜了点，但儒雅之态犹在。这么一个儒雅的书生，为什么要客走他乡四海为家呢？也许……

想到"也许"后，郑祥和笑嘻嘻地说："丁师傅，从现在起就请你做我侄儿的棋师，管吃管住，一年二十银！你看行吗？"

"二十银，不行！"丁相仲坚定地回答。

郑祥和向来是说一不二，习惯了我行我素。在通常情况下，他肯定会请来者另攀高枝。但这一次因为"也许"这两个字，因为来者的不同寻常，郑祥和是一反常态，他爽快地说："那就二十五银？"

"不！"

"三十银？"

"不！"

郑祥和有些不满，冷冷地说："请问，你到底要多少？"

"二十一银！"

听到这里，郑祥和总算是听出了子丑寅卯，这一位知道郑家伙计一年是二十银，他认为自己是高于伙计的棋师，这一银，便是他的自尊费。

"一副酸相！"郑祥和仍旧是含而不露，露出的，是他的那张笑脸。

一边的黄隐还是看到了郑祥和对丁相仲的不屑。黄隐想如果你郑祥和不是那笔横财，你也好不了多少。

祥和当铺的前身，是吴氏布庄。吴氏布庄的掌柜吴老大，是一个左邻右舍只要提起，都要竖大拇指的良商。吴老大的家里，还供养着两位老人，一位是远之又远的族人，一位是八竿子打过去也沾不着亲的乡人。

吴家人平时信神信鬼。布庄出事之前，吴家发生了一件大事——吴老大的父亲归西了。

本来，吴父已是七十好几，也算是高龄，属于寿终。人老归西，那是自然之力。问题不是出在人老归西，而是在归西之后。

归西之前，吴父一直不适。某次，家人送其去郎中处诊治。吴父出门时，家佣错把吴老大的鞋套在吴父的脚上。吴老大午睡醒来后，找不到自己的鞋子，知道父亲又去郎中那里。于是，便穿了父亲的那双鞋出门。

吴父归西后的第七天，吴家为吴父做头七。烧纸时，把吴父生前所喜之物尽数烧给他。

祭祀后的当天深夜，睡梦中的吴老大突然惊醒，梦中一公一母两只猴子欲脱其鞋。第二天晚上，又做了同样的梦。

第三天一早，吴老大把梦复述给母亲。其母道：“你父属猴，你父亲的原配夫人也属猴。两只猴子来脱你的鞋，是在向你要鞋子。因为，你曾经穿过他的鞋子。我想起来了，做七那天，那双鞋没找到，因此没有烧。”

于是，全家人分头找鞋，无果。其时，正逢吴老二回家，知其因后说：“都不要找了，鞋在我这里。”

原来，为了纪念父亲，吴老二收藏了父亲的那双鞋。

当天，吴家人烧了吴父的这双鞋，做了祭拜。

本来，吴氏布庄正开得红红火火，后来，家里突然“闹鬼”。

吴氏布庄遭小人勒索

吴家后院有一小棚，棚里有两只缸，一缸在地上，一缸在地下。地下的缸上横一厚板。那是家人如厕之处。出恭之后，便随手从另一缸里抄上几勺灶灰填上，也算是杀菌消毒了。待地下那缸物满时，有乡人定期出粪。乡人出粪时，还不忘顺便带些蔬菜送给吴家。

某次，乡人又来出粪，数次见如厕厚板上有故人立起。此事传开后，众人以为不吉，皆往吴家退票。当时的吴家和大多数口碑上好的商人一样，皆是以票据的形式向乡人集资，其性质与现在的股票近似。

其时，吴家富盈，退票之举对其构不成威胁。要命的是，吴家犯了一个低级的错误：吴家把退来的票据揉一揉后，置于沺脚缸中。清缸者系一卑鄙贪婪之人，每天清缸完毕后将票据捡出冲洗晒干。十几天后，将所有票据收拢后由他人前往布庄兑现。

吴家震惊！

震惊之后也无良策，只能兑现！

于是，大伤元气的吴家只能关闭布庄，出让老宅，然后远走他乡。

就是在这个时候，郑祥和以低价接手了吴氏老宅。

其后，低价接手吴氏老宅的郑祥和撞上大运。匠人在清整后院小棚的两只缸时，发现两只缸的下面还有两只缸。

开启下面两只缸的封口后，郑祥和无论如何也没有想到，最下面的两只缸里，竟然装满银圆。

这银圆，不是吴家的。这银圆的来历，一直是个悬念。反正，吴家欠运，郑祥和撞上大运。

撞大运后，在当年吴家人的如厕之处，郑祥和种了几株梅花。他想，那里土地肥沃，到了冬天，梅花可以傲雪斗霜驱邪养眼，他也可以对着梅花想民间流传的象棋古谱《踏雪寻梅》。

再说郑伟平，年纪虽小却极富同情心。

灾年，缺粮。郑伟平牵着大黑狗当当遛街时，见街上乞丐增多。知根刨底后，郑伟平率当当扭头直奔自家粮仓。郑家粮仓用竹篾围就。因梯子锁于一旁，郑伟平没法爬上，于是只能对着竹篾发呆。发呆之后，他琢磨出了门道。他找来了一根竹管，把竹管一头削尖，把竹管当中凿通。然后，他对准竹篾围护插入。如是，大米顺竹管流入准备好的布袋。事成，竹管一拔，竹篾恢复原状。之后，伟平猫腰提袋出门，米送乞丐。如此行为，一日数次。除了丁相仲和当当，郑祥和没有察觉。

郑祥和把心都用在了丁相仲的身上。

郑祥和对丁相仲的关心，超出寻常。他常常会盘问郑伟平："丁老师教了你什么招法，你能不能摆给叔叔看看？"

郑伟平在楠木棋盘上，摆出棋局。郑祥和总是摇头："不是，不是。"然后，他倒背着双手，慢慢地离去。这情景，已发生好多次了。

郑伟平想："叔叔在找什么呢？"

那天，郑伟平对丁相仲说："丁老师，我叔叔很关心你。"

"怎么个关心法呢？你说给我听听。"

"你教我象棋之后，叔叔总是要我复盘。"

丁相仲摸了摸伟平的小脑袋："那不是好事吗？你要好好下棋，不要让你叔叔不高兴！"

"丁老师，我叔叔好怪！"

"好怪？怎么个怪法？"

"每次看我摆好棋，他总是摇头说不是，不是。"说到这里，郑伟平还委屈地噘起了小嘴。

郑伟平的这一句话，让丁相仲大吃一惊！

这一次，丁相仲如梦初醒：郑祥和一定是在寻找什么？难道，他也在找《踏雪寻梅》？郑祥和，难道真是他们郑家？

丁相仲知道那一个由来已久的传说：唐朝一位太监在失宠于皇上

后，携了一大摞名家字画回到老家应天。为防字画失于盗失于传，太监将字画秘藏于某地某寺。随后，善弈的太监灵感迸发，创作了残棋《踏雪寻梅》谱。如果谁能得此谱并拆解，藏宝之处便会昭然。

多少年之后，《踏雪寻梅》谱落入丁家。父亲告诉丁相仲：很久以前，丁、郑两家本是一家，是两兄弟。丁家的先祖在临终前拿出棋谱，一分为二，分给兄弟俩一人一半，然后，再三交代："这张图，曾经招来杀身之祸。如果处理不当，还会引来风险。为防患于未然，避开风险，老二一脉移至应天。等到哪一天天下太平了，两张谱合二为一后，一起破解。"

父亲撒手西去后，老二遵从父愿随母姓郑。老二虽是驻守原籍但后来乔迁它处，老大则南下去了宁波。

数年后，老大的后人为了破解古谱，数次派人去应天老二家，但郑家已不知去向。以后，老大的后人是一代又一代地去应天，每一次寻找，都是无功而返。

只有找到应天的郑家，才能得到完整的《踏雪寻梅》谱。

郑家四请棋师，郑祥和对郑伟平的数次盘问，让丁相仲深信：郑祥和就是丁家几代人要找的家人。

窗外，是淅淅沥沥的秋雨；膝下依偎着的，是那条黑狗。秋风秋雨，使丁相仲产生了莫名的惆怅。而大黑狗传达给他的暖意，使他想起了昨晚的一夜风流。他想惆怅也罢，风流也罢，反正，都要成为过眼云烟。他知道，他应该回家了！

黑狗当当看着沉浸在遐想之中的丁相仲，悄无声息地移步。

由于丁相仲的出现，郑祥和对另外半张古谱的思念，愈发心切。

那日午后，郑祥和又在客厅里养神，恍惚中，感觉有半张古谱向他飘来。他伸手抓住飘来的古谱，还梦见自己驾着一辆马车按图索骥寻宝归来。

一团黑影冲他而来，郑祥和睁眼一看，是黑狗当当。揉了揉眼睛后，郑祥和方知，除了黑狗，所谓棋谱，所谓马车，都是幻觉。

为了避祸，郑祥和的太爷爷变卖了老宅另择他居。这样，郑家几次都和宁波丁家的使者擦肩而过。

苦苦等待了这么多年，几代人望穿了秋水。今天，郑祥和预感到，古谱可能要合二为一。

郑伟平从门前奔过。看着小侄子的身影，郑祥和更加相信缘分。如果没有郑伟平对象棋的痴迷，他就不会去请棋师。如果不请棋师，就不会有丁相仲的上门。侄子平时调皮至极，整天就是跳啊唱啊，几乎没有停顿的时刻。而当他面对棋盘静坐苦思时，那托腮凝思的架势，与平时判若两人。

黑狗已走，虚幻即将变成现实。

秋风又一次来临。秋风把郑祥和的预感吹进现实。

郑祥和听到丁相仲对郑伟平说："你去一边玩，我找你叔叔有事。"

丁相仲拖拖沓沓的脚步声，越来越近。

来到了客厅前的丁相仲环顾了左右后轻轻地问："郑先生，我能进来吗？"

丁相仲的脸是黑中带灰，灰中夹黑。郑祥和看了丁相仲的双眼后就知道，丁相仲昨夜又去了窑子。郑祥和想："一个男人，常年在外，真不容易！"

其实，与父亲相比，丁相仲还是一个中规中矩之人。遥想当年，父亲外出寻谱时，是一路寻觅一路风流。以至于多少年后，几度有人上门认亲。只要来者能讲出个子丑寅卯，面容又酷似，丁父总是照单全收。

郑祥和的内心是惊涛拍岸，但他还是波澜不惊地起身："丁老师，请进！请进！"

郑祥和为丁相仲泡了一杯绿茶。

"郑先生，我想冒昧地问一句，郑家原来是不是姓丁？"

"等一等！"郑祥和把丁相仲请进了内客厅。

就在丁相仲跨进内室的一瞬间，黑狗当当也闪了进去。

黑狗当当一直在对丁相仲示好。平素，丁相仲教伟平下棋时，它一直静卧于一侧。晚上，它也经常出现在丁相仲的床前。当当让背井离乡的丁相仲，有了一种居家的感觉。

有时，郑祥和趁丁相仲教棋时，会去其卧室一探。这个时候，黑狗当当总是尾随在郑祥和的身后。

郑祥和紧闭了门窗。

坐定后，郑祥和面带笑容，左腿搁上了右腿："祖上确实姓丁，后因变故而改随母姓。"

郑祥和心跳加快，呼吸急促，微眯双眼，等待猎物咬钩。

坐在红木宫帽椅上的丁相仲，感觉自己矮了郑祥和一截。

其实，两把红木宫帽椅确有高低。那是郑祥和特意请木匠打造。每逢关键时刻，与客人谈要事，郑祥和都要把客人请进内客厅就座。客人坐的那把低椅，不但低，而且有陂度。前底后高的陂度，使人甫一坐定，便会前倾，产生了俯首称臣的感觉。

"郑先生可能与我是出自一脉！"

"你的意思是……"郑祥和屏住了呼吸。

"我的意思是那半张谱……"丁相仲说了半句后，止住了话头。

郑祥和知道，那半张棋谱，那马车宝物，已经唾手可得。幻觉就要成真！郑家苦苦几十年的等待和期望，将要实现！此刻，郑祥和依旧不动声色地诱鱼咬饵："你是丁家的第几代？"

丁相仲答："第五代。"

"我也是第五代，你还要叫我一声哥呢！"

"哥！"丁相仲站起身来，握住了郑祥和的双手。

郑祥和打开了一只樟木箱，从夹层里找出一张油纸。翻开后，取出半张棋谱："你看，就是这么个东西，害得我们几代人为之奔波。哎，你的那半张呢？"

还没等郑祥和摊开棋谱，迫不及待的丁相仲从怀里取出一只布袋。然后，小心翼翼地取出半张棋谱。

此时，黑狗当当咬住了丁相仲的裤脚。

被咬住裤脚的丁相仲是不以为意。

当初，郑家的先人准备把棋谱一分为二之前，在棋谱的背面画上了一条家养的大黑狗。画面上的黑狗，极其生动，极有灵气。

郑家的先人本来就是一位画家，在他的笔下，黑狗被墨分五色，浓淡适宜，线条流畅，写意和工笔皆精。从此，丁家便有了饲养大黑狗的传统。

当时，丁相仲只要留意一下黑狗当当咬住他裤腿时的眼神，只要对一对棋谱背面黑狗的形象和笔墨，就不会犯下如此低级的错误。因为，假黑狗与真笔墨放在一起，差异不小！遗憾的是，丁相仲当时太激动了。这一激动，他就疏忽大意了。

丁相仲想到丁家几代人的追寻，将要在他的身上实现，浪迹天涯的漂泊即将结束，他的儿子从此不会再是他的翻版，怎么会不激动呢。

丁家的先人把棋谱一分为二时，并不是简单地拦腰一断，而是做了不规则的划分。

由于丁相仲是一个文人，由于丁相仲是一个性情中人，所以，丁相仲的判断力，非常离谱！

激动万分的丁相仲当时是只顾一点不管其余，他一看到两张棋谱的纹路完全吻合，便拱手相让。

这一让，非但把丁家几代人的心血付诸东流，也把自己的身家性命让了进去。

郑祥和仿佛看到了马车宝物向他驶来，又一次热血沸腾。

为了不打草惊蛇，郑祥和谨慎地退后一步，缓缓地说："这张谱不能留下，你我熟记后还是把它烧了。"

此时的郑祥和注意到，黑狗当当斜视着他，神情怪异。

丁相仲没有看到黑狗当当的怪异，他正在想着何时回家，结束这浪迹天涯的漂泊，随口就回了一句："好，那就烧吧！"

没有这半张纸，两人也能记住棋谱，重要的是半张纸能证明棋谱的真假。

郑祥和取过两个半张的古谱，把古谱的一角，对准了油灯的火苗。火苗在两张纸上游了一圈。

一阵风吹来，油灯灭了，两张纸上的火苗也灭了。

丁相仲想，这是怎么回事呢？

遗憾的是，这一次的丁相仲，还是没有继续想下去。

郑祥和点燃了油灯，又把古谱的角，对准了火苗。很快，两张纸便化为灰烬。

此时的郑祥和，忽然就肆无忌惮地大笑起来。

想到两张谱合二为一了，自己可以结束流浪生涯了，儿子再也不会重复他的生活了，丁相仲也笑了起来。

此时，黑狗当当突然对着郑祥和一阵狂叫。

郑祥和对着当当就是一脚："你找死啊！"

当当看了看郑祥和，又看了一眼丁相仲，仰起头长号一声后，扭头走了。

当当的号叫声，十分凄凉。

因为狗吠的缘故，郑祥和有所收敛。他小心翼翼地扫去灰烬，打开了门窗。

推门开窗之后，当当竟与郑祥和隔窗对视。当当幽幽的眼神，让郑祥和不寒而栗。郑祥和立马关窗。他转过身去，对丁相仲说："去客厅吧。"

望着丁相仲瘦削的背影，郑祥和嘴角泛起一丝冷笑，随后，贪婪和阴险之态尽显。可惜的是，这一次的丁相仲，还是无所察觉。

坐定后，郑祥和为丁相仲续水："老弟这两年一直在外，现在终于可以回了。待他日破译古谱，我们丁家就能尽享这荣华富贵。"

当当不知何时又进入，坐在了丁相仲的身旁。忽然，它看着丁相仲呜咽起来。

听到当当的呜咽，这时候的丁相仲，产生了疑问。

一旁的郑祥和恶狠狠地瞪了当当一眼。

当当夹着尾巴离开了。离开时的当当，还回过头去看了丁相仲一眼。

一旁的郑祥和，继续恶狠狠地瞪着当当。然后，他笑吟吟地对丁相仲说："走，我们吃饭去！"

午饭后，回房小憩的丁相仲开始坐立不安。

前面因为激动，他没有细研棋谱，现在复盘，觉得其中有异。

丁相仲突然想起，当年郑家持有的那半张古谱的左下角，肯定是一只红兵。郑家半张古谱上棋子的位置，丁家人都不知道——除了这一只红兵。

红兵怎么会变成一匹红马？郑祥和出示的半张谱，显然不是真的。

想到这里，丁相仲三步并作两步，直奔客厅。

郑祥和正在喝茶。丁相仲上前一步疑问："兄长，你的那半张棋谱，有一匹红马的占位不对，那个位置上，原先应该是一只红兵！"

郑祥和斜睨了丁相仲一眼，斩钉截铁地说："不可能，那半张谱已家传五代！"

丁相仲也并非等闲之辈，他浪迹江湖多年，闯过三关六码头，吃过大蒜萝卜头。郑祥和的斜视，那行骗得手的得意，他尽收眼底。先前，因是一脉之故，他放松了警惕。当时，如果在屋外，他只需要注意一下两张谱背面的颜色，便不会贸然。现在，因为"兵""马"之故，他知道，郑祥和出示的，肯定是半张假谱。

想到丁家守了五代之久的秘密，竟在自己的手中被骗出，丁相仲是长吁短叹，悔恨无比。更糟糕的是，他无法证明是郑祥和骗了他丁家的半张棋谱。

其实，就是说得清又有何用！不要说他丁相仲是一个手无缚鸡之力的棋人，即便是武功高深的强人，也压不住郑祥和。因为，郑祥和已然是上通官府、旁通黑道的地头蛇。

长吁短叹的丁相仲于迷迷糊糊中睡去，又迷迷糊糊地醒来。第二天，直到中午他才彻底清醒过来。

醒来后的丁相仲，踉踉跄跄地打开了窗户，一片晴空入眼。

倏忽间，秋雨秋风不期而至。秋风和秋雨，让丁相仲走进了他的悲秋。此时，丁相仲忽然想起了"夕阳西下，断肠人在天涯"的诗句。此刻的丁相仲，认定自己就是那天涯断肠人。

丁相仲生病了，他倒下了，倒下去时，他好像听到了李清照的"寻寻觅觅，冷冷清清……"

黑狗当当总是不远不近地看着丁相仲，眼神里充满着悲哀。除了当当，眼里充满着悲哀的，还有郑家的老伙计。

郑祥和见丁相仲病了，请来了郎中为丁相仲号脉开药，还让家佣为丁相仲单开小灶。

尽管郎中是应天城里的名医,但面对丁相仲的心病,也是束手无策。

一个月过去了,丁相仲日见憔悴。

郑伟平看着老师的模样,一时不敢上前。丁相仲从郑伟平的目光里,知道了自己的寿限。他想我不能这样不明不白地死去。

丁相仲听听四周无声,看看四周无人,便悄悄对郑伟平说:"伟平不要怕。有你在,丁老师就不会有事。"

等伟平上前后,丁相仲握着他的手问:"伟平,你叔叔在家吗?"

"不在,他出去了。"

"伟平,你要帮我一个忙,把黄隐叔叔找来。而且,这一件事,不能让任何人知道。不然的话,丁老师就真的要死了。"

伟平的眼里,满含泪花。

很快,郑伟平把黄隐带进了郑府。尾随而来的,还有郑家的老伙计。老伙计平时对丁相仲是照顾有加。

黄隐平时轻易不登郑家大门,因为郑家也不容外人随意进出。

看到丁相仲的模样,黄隐大吃一惊。

"这是怎么回事?"

丁相仲无力地摇了摇头,有气无力地说:"唉,一言难尽!"

见丁相仲是如此憔悴,黄隐的心为之一酸,一时间,泪水欲出。

"到底是怎么回事?"

一旁的老伙计见状,摇了摇头,"哎"了一声后,拉着伟平离开。

"黄兄,快把门关上!"

丁相仲回光返照似的来了精神,他把《踏雪寻梅》谱的秘密悉数道出。说完后,苦求黄隐去他老家宁波传信。

黄隐知情后,惊愕万状。他没想到,郑祥和竟会如此丧尽天良。

黄隐深感责任重大。

"黄兄，这银两，你拿去！"丁相仲用他那无力的右手，颤颤地递给黄隐一个布袋。

看到黄隐踟躇，丁相仲说："这东西对我已是无用之物，拿去吧！"

见黄隐含泪接过银两，丁相仲又再三叮咛："趁郑祥和不在，你得赶紧走！此事万万不可泄露，不然，你也性命难保！"

当晚，黄隐一路南下。

也是在当晚，丁相仲客死应天。

郑祥和厚葬了丁相仲。

丁相仲归西的时候，他那老态龙钟的父亲丁俊卿正在油灯下读《史记》。他的一侧，是一条大黑狗。

丁俊卿是文人，因此便多少有些文人的癖好。年轻时，也曾有过辉煌，所谓"洞房花烛夜，金榜题名时，他乡遇故人，把酒遇知己"的人生四大快乐，他尽数享受过。只是，他比一般的秀才更多了一份重任。他也曾背负丁家重托，负剑云游四方。但每次都与棋谱擦肩而过，最后还是有辱使命空手而归——除了风流的情种。云游四方的丁俊卿但遇红颜知己，总要作诗称赞姑娘的美貌。

一阵阴风吹来，吹灭了油灯。

大黑狗大大突然站起。

看到大大突然站起，丁俊卿感到有大事即将发生。

丁俊卿相信命数。但是，丁俊卿万万没想到，被阴风吹灭的，除了灯火，还有他的血脉，他们全家的希望；他万万没想到，他的长子竟走在了他的前头；他万万没想到，白发人送黑发人的悲剧，会发生在他的身上。

"笃、笃、笃……"

传来的，是重重的急促的敲门声。

那是五天后。

听完黄隐的讲述，丁俊卿低下了头。望着老泪纵横的丁父，黄隐转身便走。黄隐这一走，便隐在了长夜的尽头。丁俊卿没差人追赶，也没抬头。这以后，丁俊卿整整坐了三天。有时，他会扶着拐杖，目视门外。

丁相仲的死，给郑家带来了生。就在丁相仲死后不久，郑祥和那多年不孕的夫人，有了身孕。那隆起的腹部之大，超过了一般孕妇。

接生婆王姨在丁相仲客死他乡后，带着帮手梅花姑娘住进了祥和当铺一侧的泰和客栈。

接生婆王姨手艺高超，梅花姑娘相貌出众。

此时的郑夫人已身怀六甲，郑祥和徒有精力无处发泄。看到梅花姑娘相貌出众，又因为姑娘的名字，郑祥和便来了精神。更重要的是，接生婆王姨已经连续接生了六个男孩。

那个晚上，郑祥和差人把王姨和梅花姑娘请到了家中。

梅花姑娘杨柳细腰，体态婀娜，风姿绰约，让郑祥和垂涎欲滴。

王姨在郑夫人的腹部探究了半晌："恭喜，夫人怀了双胎。"

"双胎！"郑祥和非常兴奋。

临走时，王姨对郑祥和卖了个关子："夫人怀了双胎，说碍事——便碍事，说不碍事——便不碍事。"

郑祥和觉得王姨话里有话，便问："此话怎讲？"

王姨说："夫人这个年龄才怀孕，又怀了双胎，生产时一定会很难，这，难道不碍事吗？"

郑祥和又问："那，怎么样才会不碍事呢？"

王姨又道："郑先生，有我在，不是就不碍事了吗？"

听到这里，郑祥和松了口气。

当下，郑祥和命伙计取来十两碎银赏赐王姨。伙计看着十两碎银，在心里说了一句应天城里的土话："乖乖隆地冬！"

王姨昂首走出郑家那两扇黑漆漆的大门。出门后，她还用右手拍了拍在黑夜里发光的环形铜拉手："快了！快了！"

王姨感到自己说漏了嘴，她警觉地环顾左右：月光下，那条似曾相识的大黑狗，从郑家大门一侧的狗洞钻了出来。那条大黑狗，尾随着她，而且，还用头拱了拱王姨的裤脚。

王姨不知道，在这黑夜里，在她的身后，还有一双眼睛在盯着她。正远远地盯着王姨的背影的，是刚才给王姨传十两碎银的伙计。伙计看到大黑狗对王姨表示亲昵，感到有点儿奇怪。不过，他没有继续想下去。他还在想着那十两碎银。要知道，十两碎银，可是他半年的工钱啊！

郑祥和也没有继续想下去。其实，他只要想一想早不来晚不来偏偏就在他那久未怀孕的夫人怀孕后，接生婆就随之而来的巧合，后面的事，也许就不会发生。

郑夫人的产期，如期而至。

那天，王姨成了郑家的统帅：郑家的伙计一任她调遣，能进出郑家卧室的，也只有王姨和梅花姑娘。

郑夫人是头产，又是高龄。待婴儿产出，郑夫人便头一歪，晕了过去。两个丫头出世后，王姨传话门外："两个都是丫头，一个还是死婴！"

听到两个都是丫头，一个还是死婴，郑祥和拂袖去了内客厅。

王姨熟知当地的风俗：生产时见死婴立刻就地埋葬，而且，自家人不能动手。

王姨用家传秘方，让一小丫头昏厥，然后用小棉被包住丫头，怕昏厥的丫头冻死，王姨又为丫头盖上了小夹袄。

女婴被梅花姑娘立马送出。梅花姑娘出门后，上了一辆马车。

待梅花姑娘走远后，王姨使劲拍了拍屋内小丫头的屁股，哇——哇……一阵响亮的哭声便传将开来。

郑祥和还在内客厅里发呆，对小丫头的哭声是充耳不闻。

其实王姨并不姓王，而是丁相仲的姑妈丁姨；梅花姑娘本名雪姑，是丁俊卿当年一路寻谱一路风流的产物，是丁相仲的妹妹。

王姨本来的使命，是让郑祥和绝后。

当然，王姨只是一个演员，幕后的导演，便是远在宁波的那位曾挂着拐杖垂着头不吃不喝达三天之久的丁俊卿。

八 | 女赌客席卷赌台
郑祥和携妻出走

绿风茶坊在应天几乎是无人不晓。

绿风茶坊之所以声名远播，是因为这绿风茶坊又是一家赌馆。赌馆内的赌法有麻将、比大小、牌九，广东牌九等。

赌客进赌馆时需要买筹码，买筹码要登记数量，离场时以筹换银，赢家要向赌馆付出规定的抽头费，输家免付。筹码的面值分一银、十银、百银、千银四种。赌馆开张至今，从未卖出过千银的筹码。

赌馆的掌柜是李家兄弟。哥哥李金生善赌：麻将、牌九样样皆通，常以东道主之便从中做些手脚。一天下来，除了抽头，还能在赌盘上捞钱。李金生平素并不轻易上场，一般都由伙计陪赌，伙计们也个个身手不凡。弟弟李银生喜欢画画，尤精于画人像。

子夜，幽幽的雪花开始降落，尽目是一片雪白。

上午，一辆双轮马车悄然停在"绿风"门前。

车夫开门。车上下来的，是一位雍容华贵的女子。一看，就知道是富家小姐。

"绿风"自开张以来，从未听说过有女赌客光临，尤其是年轻的小姐。看到富家小姐踏雪入馆，路人见状，一时都驻足不前。

冬衣无法遮掩小姐迷人的身形。小姐径直走向卖筹处，伸出了右手："买筹！"

卖筹码的伙计见来者是一位小姐，心里纳闷。继而他又想：兴许是阔家小姐无事解闷，闲来无事来此散心。

伙计看着小姐如玉一般的食指发愣，小姐笑嘻嘻地看着伙计。缓过神来的伙计看着小姐的食指问道："十银？"

小姐笑答："不！"

"一百银？"

"不！"

"一千银！"

"对！"

卖筹的伙计目瞪口呆。呆了一会儿后，他从抽屉深处取出一千银的筹码："小姐，请拿银票来。"

小姐朝后扬了扬手，身后的车夫取出银票，送上柜台。

晚上，女赌客凯旋而去。

第二天一早，女赌客又一次光顾"绿风"。

这一天，赌场的伙计轮番陪赌。女赌客像一个魔术师：玩牌九、驳眼子、来沙海，不管什么花样，她样样精通。晚上，台面上的赌资又一次被她席卷而去。其间，还有一个小插曲，一名伙计问："小姐，你单身一人进来玩牌，不怕遭抢？"

"如果怕，我还会来吗？"说罢，她还意味深长地一笑。那神态、那架势，完全不像一个姑娘。

如此，更增添了女客的神秘。

这天下午，李银生特地在女客面前晃了好几圈，女客的美丽，让他开眼。回书房后，女客的芳容被他画了下来。

晚上，女客又一次席卷赌台。

这个时候，李家兄弟感到蹊跷。但是，兄弟俩并没有声张，而是各驾一匹快马，不紧不慢地尾随女赌客的马车。

跟随马车行数里后，兄弟俩感到疑惑：这女赌客的马车从东城门进去，从西城门出来。然后，在乡间道上转了几圈后，又折返西城门，最后，停在了祥和当铺前。

下了马车后，女赌客回头张望。

李氏兄弟俩见女赌客回头，急忙闪进两侧小巷。

返还赌馆后，李氏兄弟俩计算后确认，两天来，"绿风"被女赌客掠银三千。

"绿风"开张至今，第一次连续两天马失前蹄，损失在千银以上。失蹄本属正常，要命的是，竟然输给了一位神秘的女赌客！

她是谁？她和当铺是什么关系？

李氏兄弟决定去祥和当铺寻找答案。

第二天一早，李氏兄弟来到了祥和当铺。

"绿风"和"祥和"在应天都是名号。两家虽然没有生意上的往来，但彼此知晓。听伙计传李氏兄弟上门，郑祥和感到意外："一大早，他们来干什么？"

一番客套之后，李金生拿出画像："郑掌柜，这位小姐……"

郑祥和看了看画像，鹰一般的双眼微眯，声音凄凉："正是小女，这画像……"

确认后，兄弟俩以为郑家大小姐这几天是去赌馆猎奇。因为，这三千银两对郑家来说，实在是九牛一毛。

兄弟俩本以为郑家大小姐雪天闯"绿风"，一定会让郑祥和很吃惊。没料到郑祥和听后竟不以为意。郑祥和冷漠地对兄弟俩说："奉告两位小女去世已有七天，还在后院的灵堂里。"

李氏兄弟一时语塞："还有这事情？明明看到大小姐回府，怎么就已去世七天了呢？这女赌客又是谁呢？"

对视片刻后，李金生说："郑掌柜，冒昧打扰，能否带我们去灵堂一拜？"

郑祥和当然知道李氏兄弟的真实想法，但对方提出，也无法拒绝。于是手一扬："两位请。"

当下，两人随郑祥和穿过花园走向灵堂。

因为怕影响生意，灵堂设在大院后靠近围墙的一间屋子里，远离郑家大门，灵堂一侧的大院里，有几棵大树的树枝，伸到围墙外。

白布花圈，阴气阵阵。

进入灵堂后，郑祥和的脸色顿时发青：但见棺材周围，尽是银两。

看到棺材和银两，兄弟俩也感到奇怪。奇怪之后，自然是想到自家的颜面。这个时候，先前动了恻隐之心的兄弟俩开始出言带刺："郑掌柜，想不到大小姐还真有神助。"

李金生看到银两是刺上加刺："郑掌柜，我想你不会说这些银两都是供品吧？"

兄弟俩蹲下身去查看，银两是按五十两一摞码放，不多不少，正好是六十摞三千银。

李金生冷笑道："郑掌柜——"

老成持重的郑祥和，一时也是云里雾里。

缓过神来之后，郑祥和对李家兄弟俩解释："请两位掌柜想一想，小女不可能死而复生！这银两，先放在这里，待我查明后一定奉还。"

李银生："郑掌柜，这银子不会自己长腿跑来？这银子，我们还是带回吧。"

"绿风"的赌客和伙计，在一个年轻貌美的女子面前两次失手，让李家兄弟感到脸面丢尽。

为挽回脸面，"绿风"的伙计便人前人后四处放风：郑祥和家的大小姐死而复生席卷赌场。

这件事，很快传遍了大半个应天城。如是，祥和当铺的生意，自然也就一落千丈。谁还敢到"闹鬼"的当铺去典当呢？

"绿风"门前也是门庭冷落。

其实，郑祥和非但不"祥"也谈不上一个"和"字。他从原先的小本小利，到一个大典当铺的掌柜，其间，用各种手段吞并了数十家小当铺。

郑祥和其人不但相当伪善，而且阴险毒辣。这一次，郑祥和恼羞成怒了。

如果李氏兄弟知道会有后来的飞来横祸，当初绝对不会去郑家问个究竟。

一个风和日丽的上午，李氏兄弟同去应天城北看一家铺面。和对方谈好了价钱后，兄弟俩从铺面出来时，铺面一侧的小巷子里蹿出两个蒙面持刀人。

持刀人对着毫无防备的李氏兄弟乱砍……

李氏兄弟倒了下去。这一倒，再也没有起来。

当天，郑祥和携妻神秘出走。据郑家伙计说，郑祥和夫妇俩出门时没带什么金银，只是带了一些换洗衣服。

当年，被梅花姑娘带出去的那个丫头，也就是郑祥和的另一个女儿，从一出生便被送到宁波，长大后又学武习赌。十几年过去了，丫头身怀绝技。那个风雪之晨，她闯进应天城的"绿风"赌馆，连赌三天，席卷了"绿风"赌台。第三天的夜晚，她翻墙进入郑家的后院，把三千两银放在郑家小姐棺材旁，随后翻墙而出，坐上了等候在外面的马车，向宁波赶去。

姑娘只知道，自己是在为父亲丁相仲报仇。

郑家小姐死后掠财的故事，传遍了应天。为此，颜面丢尽的郑祥和在李氏兄弟被砍当天，带着夫人同侄子郑伟平一家一起出走。从此，祥和当铺就成了应天城里的一道昨日风景。

那个叫黄隐的丁相仲的朋友，后来找到了郑家，把丁相仲的死因与"绿风"之实情告诉了郑伟平。几天后，郑伟平一家离开了郑祥和，另择他居。

郑祥和后来把夫人送回夫人的老家江浦，而他自己也从此不知所终。

有人说郑祥和破译了《踏雪寻梅》谱，去寻那笔财宝了；有人说郑祥和是看破红尘，隐于江湖了。

多少年过去后，当慧风方丈告诉李亦道和张镇西，他持有《踏雪寻梅》谱时，对此谱早有所闻的李亦道和张镇西两人的神态，是大相径庭。

九 | 美少女飘然而去
守夜人灵魂出窍

到底是谁把顾弈仙迎入小树林，最后，又把顾弈仙接上了古山？

顾弈仙出走的当晚，顾思齐是心事重重。他在庭院里走了好几个来回，然后走出大门，一回头，"世事如棋，让一着不为亏我；心田似海，纳百川方见容人"的棋联入目。顾思齐自语道："我心本就不似海！"说着，伸手要撕。

暗夜里，有剑光一闪："慢着！"一把剑，挡住了顾思齐。

"你是何人？竟敢如此无礼！"

"谁谓吾徒犹爱日，参横月落不曾知……"来者推了推方巾帽。

"啊，七星剑客！在下失礼了！"

"何礼之失！"

两人坐定，交谈。

了解了顾府这几年的外患家愁后，得知顾思齐担心义子顾弈仙路遇不测，沈雪树安慰顾思齐："义子几年前与你翻脸，和你摆脱干系，是为了不连累你。他一定是去古山找我了，他知道，除了我，谁也解不出那'踏雪寻梅'。因为，那《踏雪寻梅》谱传说，是真真假假，假假真真。我见到他之后，会和盘托出《踏雪寻梅》谱的来龙去脉并保护他的安全。"

夜半时，沈雪树高唱着"谁谓吾徒犹爱日，参横月落不曾知……"离开了顾府。

一路风尘的沈雪树，在顾弈仙之前赶到了古山脚下。为了万无一失，沈雪树与徒儿紫薇在古山下的小溪旁吹箫，拆解棋谱。然后，紫薇又把顾弈仙引到小溪旁。沈雪树又一次唱起"谁谓吾徒犹爱日，参横月落不曾知……"，在确认来者确是顾弈仙后，他把顾弈仙带上了古山。

那一日，顾弈仙回到茅草屋。墙上，是"竹剑见天天竹剑"的草书。对面，是云里雾里的顾弈仙。

顾弈仙取下竹剑。竹剑上，刻有七颗星星，顾弈仙想这不是义父提到过的七星剑吗？

这时候，茅草屋外突然响起了一首久违的歌："谁谓吾徒犹爱日，参横月落不曾知……"

听到这熟悉的歌声，顾弈仙知道，歌者是七星剑客沈雪树无疑。虽然，他和沈雪树从未谋面，但沈雪树早已是他熟悉的陌生人。

这梦里依稀的歌声，引领顾弈仙冲出茅草屋。

顾弈仙环顾左右：四下无人——除了歌声。

顾弈仙随歌声而去。

顾弈仙被那歌声引至山顶。

山上，寺庙外，有一位长者。长者的旁边，是一位少女。

长者双眼微眯，一字一句掷地有声："这庙里，有一块石碑。石碑上，镌刻着一个'虎'字，你找到'虎'字碑，就能找到《踏雪寻梅》谱。江湖上流传的各种棋谱都是假谱。"

还没等顾弈仙缓过神来，长者和少女已飘然而去。

至此，顾弈仙才明白为什么时至今日，仍无法拆解"踏雪寻梅"。

原来，贺大林持有的《踏雪寻梅》是一张假谱。

山门紧闭，门前，长满杂草。

围着寺庙转了一圈后，顾弈仙从后门处翻墙而入。庙内，蒿草齐腰，阴风呼啸，令人悚然。

顾弈仙摸索到前门门后时，眼前顿时一亮：门西侧赫然立着一个石碑，石碑高约一米半，宽约七十厘米，上面刻着一个"虎"字。此字笔力遒劲，功力深厚，气韵生动，神气畅然。

顾弈仙赶紧绕到石碑后。石碑背面是一局无名残局。与贺大林的那张棋谱相比，碑上残局多了一个车，少了一个过河卒。而且，整个残棋大子的所处位置，亦有差异。因为这几处差异，纵然是天下第一高手，纵然耗去无数的时间，也难有所成。

顾弈仙不明白，这棋谱怎么会镌刻到这碑上？

从寺庙出来后，顾弈仙又见长者和少女。

长者沈雪树正微眯双眼，想当年往事。

看到顾弈仙，沈雪树喃喃自语道："你还是来了。"

一年前，应天城里有一位叫郑祥和的当铺掌柜，经过长途跋涉，登上了古山的琴棋台。他跟跟跄跄地走进禅房后，气喘吁吁地对沈雪树说："师父，今天来这里有一事相求！"

沈雪树对郑祥和说："等你吃完饭再说！"

待郑祥和吃完饭，沈雪树又为郑祥和沏了一壶茶。

"师父，我……"

"不急，等你喝完茶再说！"

晒着太阳，吹着山风，喝着绿茶，郑祥和开口："师父，在下是有罪之人！"

"何罪之有？"

"我曾经因为一张名贵的棋谱，瞒天过海，最后导致族弟身亡，而我自己……"郑祥和的头，始终没有抬起。

"凡事，既有开始就会有结束。现在就让一切归零吧！"

"师父，那张棋谱和一笔财富有关……"

"《踏雪寻梅》谱吗？"

"你知道？"

"知之甚多！"

"师父，我想把这张谱献给寺庙！"

"我等出家人，要此谱何用？"

"师父，如若哪一位高手拆解之后得到这笔财宝的话，三分之一献给古山修建寺庙，三分之一给我的族人，另外的三分之一，就归解谱人。"

沈雪树想了片刻，点头："这也许是一个办法。但愿从此太平！"

第二天上午，郑祥和下了山。

几天后，郑祥和又上古山。这一回，郑祥和做起了工匠。他手执铁钎、铁锤，进了山门。随后，他在寺庙的榜书"虎"字碑的背后，叮叮当当地忙开了。

沈雪树对寺僧说："但愿他了了心愿，重新开始……"

三天之后的日落时分，郑祥和在"虎"字碑背面象棋盘的底线上，凿完了最后一枚棋子。那是一个冲到底线后，不能再回头的过河卒。

刻完最后一枚棋子后，郑祥和登上了峭壁。他抬头望了望那轮挂在暗青色的天空上惨黄色的太阳后，纵身一跃。

面对"虎"字石碑后的《踏雪寻梅》谱，顾弈仙感到了左右为难。他和义父分开，是因为这张谱；又因为这张谱，他无法去秦淮河和幽梦相会。而不破此谱，他又心有不甘。这件事不了结，还会有众多无辜之人为此丧命。

一种奇异的声音传来，顾弈仙侧耳细听，是松涛声。阵阵松涛声，使顾弈仙想到二爷，想到了义父，想到了使命。

而此时，秦淮河上那个苦恋着他的女子，又一次浮现眼前。

当沈雪树再一次看到顾弈仙的眼神时，沈雪树知道，顾弈仙的决心已定。沈雪树对小僧道："去，把两个师姐叫来！"

身穿青衣和紫衣的两位少女，款款而来。

顾弈仙看着紫衣少女，觉得眼熟。仔细看去，正是先前在古山下吹箫，拆解棋谱，把他引到小溪旁的少女。

"青衣、紫薇，顾弈仙明年春天要上高原，安危成败，取决于你们。从现在开始，你俩每天教他练功。"

青衣、紫薇系一母所生，原是雪域人氏。当年，慧风方丈受其父所托，把她俩从雪域带到古山，让她们跟随沈雪树学剑术、学棋艺。十几年来，姐妹俩和沈雪树朝夕相处，形同父女。

这顾弈仙自发蒙后，便沉湎于楚河汉界之中，朱楼歌榭，虽然也是他的爱去之处，但他与那些红尘中人没有什么纠缠——除了恋过秦淮河上的幽梦。而青衣、紫薇自懂事后，一直远离人间烟火，待在山上与僧人为伴，也没有男女情事之念。

先前，顾弈仙在小溪旁看到吹箫的紫薇时，感到紫薇与朋友季律生妻子酷似，一度认为紫薇是季律生失踪的妻妹，曾想问一问紫薇。当知道紫薇来自雪域时，顾弈仙便打消了求证的念头。

绝大多数的太监出身贫寒，幼时，家人为生活所迫或其他原因，将他们送到宫里当差。太监晚年丧失服役能力后被逐出宫，受到歧视。而他们的家人也认为家里出了太监是丑事，也不肯收留他们，即便是死后也不准葬入祖坟。太监们为自己的后事着想，在年轻时，大量积蓄钱财，购房置地，修建庙宇，拜僧道为师，以便晚年有个栖身之处。毕竟飞黄腾达、有权有势不为晚年担心的太监不多。

贺大林就是有权有势的太监。但有权有势不等于没有后顾之忧。

皇宫中对太监的管束非常严格，刑罚也极其残酷。皇宫中的敬事房，也是责罚太监的机构，处罚太监的条款多达几十条。刑罚规定，轻则扣罚三个月的月银，重则杖毙致死，抄没全家。所以，太监们在宫中侍奉时都是异常小心。因为稍有不慎，便会成为刀下之鬼，还有可能连累家人。

即使在宫里受着非人的待遇，太监也不能在宫里抹脖子、上吊。要是在宫里寻短见，尸首就会被扔于荒郊，死者亲属还会被发往边疆，给戍边官兵当奴。

原先的贺大林，之所以感觉很好，是因为"进贡"的食物，都由他先品尝，他视此为荣耀。后来知道，是皇帝怕有人下毒，所以让他先品尝。如此，荣耀感尽失。

后来，贺大林成了东厂一员，但仍感到朝不保夕。

为此，贺大林不但捐献银两，自己还建造寺庙。

贺大林在古山一侧选中了一块地后大兴土木，开始建造他的"行宫"。

朝廷一直有令，只有皇宫、帝王陵墓和皇帝恩准建造的寺庙，才能用黄色的琉璃瓦。

贺大林是我行我素。他想，反正是山高皇帝远。

为了觅一块大石碑做寺庙的镇门石，贺大林曾率几位随从，一路找到了琴棋台。进入古寺后，贺大林在寺庙中发现了石碑，看到了那个笔力遒劲的榜书"虎"字，他的双眼一时间熠熠发光。但贺大林不知道，虎字石碑的背面，正是那《踏雪寻梅》谱。

一旁老僧看着不对，上前提醒："施主，此碑乃本寺的镇山石！"

贺大林听着老僧的暗示，看着石碑，搬也不是，不搬又不舍。

郑祥和典当铺关闭，在应天城早已是家喻户晓。那张《踏雪寻梅》谱，经黄隐的误传，也在民间流传开来。

贺大林研究过民间流传的《踏雪寻梅》谱，但是，他没有能力拆解。于是，他才找到了顾弈仙。

空中响起归鸦的叫声。

听到归鸦的叫声，贺大林皱起了眉头："这乌鸦的叫声里，有一种不祥。"

贺大林收住脚步。就这样，贺大林与虎字碑背面的棋谱擦肩而过。

走出山门后，贺大林又返回来，凝视着那尊石碑，自言自语道："明天再来！"

贺大林走后，沈雪树在寺里找了一块与虎字碑同等大小的石碑，独自在禅房里叮叮当当地凿起来。

这叮叮当当的声音，一直响到夜半。因为沈雪树对虎字非常喜爱，平时早已烂熟于胸，新碑也因此一气雕成。

沈雪树与小僧合力将新碑移至寺庙中。两通石碑放在一起后，小僧说："师父，这两块碑竟是一模一样！"

"不一样，有新旧的差别！"

这新石碑的正面，是一个虎字，石碑的背面，便是黄隐误传的《踏雪寻梅》谱。

说着，沈雪树动手在石碑上抹上泥巴造旧。干完后，沈雪树仔细比较两块碑："现在，才是一模一样了。"

说完，沈雪树和小僧一起，把旧碑藏于地下。

东方发白，沈雪树已晨起打坐。一个时辰不到，寺外树林里传来群鸟起飞的振翅声。

听到声音，沈雪树知道，有外人来寺。他想应该是贺大林。

山上鸟群识旧人。僧人都穿着僧衣，经常喂可爱的小生灵，久而久之，小鸟们见到僧人，会上前叽叽喳喳问候；遇到来此的陌生者，就会群起而飞。

"小孩儿，方丈在何处？"寺外，响起了贺大林阴柔的声音。

沈雪树依然打坐。

孑然一身的太监，性格都很怪，有的怪异到近乎残忍，但大都喜爱小孩。

小僧才十五岁，长得浓眉大眼，挺逗人。

贺大林拍了拍小僧："这是十两银子，告诉方丈，那块虎字碑我买了。"

贺大林一行人扛着石碑从山道上下去。

半个时辰后贺大林一行人才走到对山。

小僧不解地问："师父，两个人就能抬起来的石碑，为什么他们四个人抬还显得那么沉？"

沈雪树："此乃天意！不是自己的东西，不能强求！"

贺大林一行人的上方，传来乌鸦的叫声。

从乌鸦的叫声中，四位扛碑者都感到了一种不祥。扛碑者一起望着贺大林，收住了脚步。

贺大林恶狠狠地说道："不要停，走！"

山道上，一行人继续行走。片刻，有一名抬碑者叫了一声"哎哟"后，竟跌下山去。

因为失去平衡，另外三人也都打了个趔趄。

乌鸦声又从空中传来。贺大林惊恐不定。这石碑到底是带走还是留下？

贺大林的目光落在斗大的虎字上……

"走，赶快走！"

又一位太监顶上。四人抬着石碑，走走停停，停停走走。平素一个时辰的山路，这一拨人竟走了两个时辰。

打这之后，贺大林再也不敢上古山。

再说，自从顾弈仙逃离后，贺大林为找到顾弈仙一雪前耻，让人画了顾弈仙的画像，动用了所有资源，依然没有顾弈仙的任何消息。

贺大林不知道，他追杀的对象顾弈仙，就在古山之上。

又一个春夏秋冬的轮回，顾弈仙随青衣、紫薇练功已是一年有余。

"哗、哗……"山道古树上，群鸟的振翅声，引起了沈雪树的警觉。

"哗、哗"的振翅声越来越疾，沈雪树知道，又有陌生人上山了。

每一次山下来人，都会有大事发生。

沈雪树紧催青衣、紫薇和顾弈仙："你们三人，快从后山走！弈仙，你还是随青衣、紫薇一起上雪域，先避一避。"

此次西行，对青衣、紫薇来说，是回家乡；对顾弈仙而言，就是远走他乡。

沈雪树催促青衣、紫薇和顾弈仙："你们三人，快从后山走！"站在那里的顾弈仙依依不舍。他知道，今日一别，他日恐难相见。

面对顾弈仙的儿女情长，沈雪树对他挥了挥手："快走！赶快走！"

看到平素气定神闲的沈雪树如此着急，顾弈仙、青衣和紫薇也感到要有大事发生。

青衣和紫薇马上取了平时准备好的包裹，也不管男女有别，拉着顾弈仙疾速朝山下跑去。

三人的背影隐去后，寺前的小道上，出现了一个女人。

上了山的女人，急找方丈。

见来者是一位妇人，沈雪树原先的紧绷之弦，得以松弛。见来者气喘吁吁，便让小僧送上茶来。

女人分外焦急："师父！"

"慢慢说。"沈雪树对女人说。

"中州城聚集着一批武林高手，他们要踏古山，夺虎碑。"

"你是？"

"我叫刘媚，和丈夫在中州城开了一家客栈。我没时间了，我还要赶回去。"

天已渐暗，鸟儿开始归巢。

沈雪树差小僧把刘媚送到山下。

沈雪树在寺院中来回踱着，夜风呼呼地吹着，不时把沈雪树的僧袍吹起。

"看来，这一次，怕是真要有事了！"

沈雪树唤来小僧，然后，提着他的那把七星宝剑，朝古寺走去。

和着山风，借着月色，两人把埋在地下的虎字碑掘出来。

面对这虎字碑，沈雪树举剑不起。

这时候，沈雪树的僧袍又被山风吹起。

沈雪树举起了七星宝剑，手起剑落。

顿时，《踏雪寻梅》谱雪消梅残。

沈雪树俯身取石，把石片敲打成碎片。

看着一地碎片，沈雪树提起了他的七星宝剑，转了个身。

小僧以为师父要回禅房。不料，沈雪树是过门不入。

"师父，您……"

"你先去睡，我去一趟贺大林的'行宫'，去把那块虎字碑后黄隐误传的《踏雪寻梅》谱一起砍了，免得又生出是非来。"

"师父，我与你一起去！"

"用不着，你赶快回去！"沈雪树的声音，不可抗拒。

小僧头一回见师父如此威严。

借着月光，沈雪树敏捷地翻过几座山头，穿过山间的小道，来到了贺大林的"行宫"。沈雪树一个"鲤鱼跳龙门"越过院墙。然后潜行到大门。石碑静静地躺在地上，沈雪树运转内功，一发力，把虎字碑给扶了起来。

这时候，从院里蹿出两个黑衣守夜人。

守夜人看到沈雪树凭一己之力扶起镇门石，知道来者不可小觑。两人一左一右夹着沈雪树，举起了刀。

沈雪树右手的七星宝剑对准《踏雪寻梅》谱，左手二指夹住左面守夜人的砍刀，右腿同时踢向右边持刀人的手腕。

只听得"唰"的一声，《踏雪寻梅》谱被劈了下来。沈雪树右边，黑衣守夜人的大刀飞向沈雪树头顶。沈雪树朝后一闪，从天而降的那把大刀落在已化为石片的《踏雪寻梅》上。

只听得"哗啦"一声，石片变成了碎片。

黑衣守夜人见状，吓得灵魂出窍。沈雪树怕他俩尾随，给寺庙带来麻烦，趁机上前左右开弓各一拳。两个黑衣守夜人各叫了一声后，丢下大刀踉踉跄跄地逃了。

石碑旁的两把大刀，在暗夜的月光下发出的寒光，格外耀眼。

九月的残阳里，一阵西风吹过，树木哗哗作响，飞鸟扑棱而起。

听着那满山的阴风，看着叽叽喳喳而起的飞鸟，沈雪树感受到了实实在在的不祥。

沈雪树召集众僧于寺旁："我估摸，不出几天，会有人来作乱。你们赶快离开！我不愿意看到血染古山！"

众僧齐呼："我们不走！"

"为了香火续传，你们必须得走，你们现在走，就是为了日后能回来。各位放心，只要我在，古寺就在。"

众僧一字长龙下山。众僧出走时的场面惨惨戚戚，令人断肠。

众僧下山气氛凝重，惊动了小鸟。可爱的小鸟们从树上飞下，停在众僧身上。众僧见状以手掩面。

一步三回头，众僧从山后的小道悄悄下山。

七星剑殒于无奈
沈雪树圆寂禅房

中原高手在中州磨刀舞剑后，集结朝古山杀去。飞骑经过之处，马蹄声声碎。

这一大队飞骑，惊动了官府。飞骑之后，是官府的人马。

一时间，中州百姓都以为战事又临，人心惶惶。

中原高手来到了山脚下，并没有停顿，而是直扑山顶。

"扑棱，扑棱……"一早起床打坐的沈雪树，又闻群鸟扑翅声。

沈雪树拿起七星宝剑，站起身来，吹了吹剑锋："宝剑啊宝剑，此乃佛门净地，你万万不能出鞘见血！"

沈雪树持剑的左手，背在身后。

待沈雪树走出禅房抬起头来时，一行人马，已经和他相对而立。

"老僧，快把石碑交出来，免得佛门流血！"

"扑棱！扑棱！"群鸟的扑翅声，回响在山谷。

"善哉！善哉！"沈雪树念念有词。

"老僧，快快交出石碑！"

"老僧可以对佛起誓，那石碑已名存实亡！"

"什么佛呀誓呀，冲进去再说！"有人蠢蠢欲动。

中原高手为夺棋谱，杀上古山

"佛在上，谁敢动！"沈雪树背后的长剑，转到了身前。但见寒光一闪，剑锋上顿时出现了七颗星星。

"啊，七星宝剑！七星宝剑！七星宝剑还在！"

哗啦啦……沈雪树的僧袍，被山风吹得猎猎作响。

"七星宝剑在，我沈林武在，看谁敢在佛门动粗！"伫立于山风中的沈雪树，声如洪钟，气震山河。

"啊，沈林武！沈林武还活着！"

中原武林高手们听到"沈林武"三个字，看着七星宝剑，胆战心寒。沈雪树原名沈林武，是中原武林第一高手！遥想当年，武林中人只要一听到沈林武的大名，便会肃然起敬。沈林武的威名，不仅仅是他那非凡的武功，还有他那一把如影随形、如风邀浪、寒光闪闪、削铁如泥的七星宝剑。

沈林武后来改名沈雪树，隐于古寺。这一隐，就是多年。

谁也没料到，隐于古寺多年的沈雪树就是沈林武。

看到这一干人分成了两个阵营，沈雪树趁热打铁，欲作了断："石碑虽在，古谱已毁。"

"为什么要毁了那古谱？"

"为了苍生不再相互残杀！"

一干人齐喊："我们相信你！"

又有一拨人在喊叫："我们为什么要相信你？"

沈雪树长叹了一声，摇了摇头："看来，我只能以一死来证明！"

这一干人，沈雪树并不惧怕。沈雪树是怕在佛门开杀戒。

只见沈雪树原地用力一踩，踩出了一个孔穴。孔穴里，有丝丝寒气冲出。沈雪树又一次长叹一声，然后，把七星宝剑塞进深不见底的孔穴里。

剑花灿烂，顷刻间，便殒逝于无奈之中。

沈雪树理了理僧袍，转身朝禅房走去。

如血斜阳，涅槃再生……

只是片刻时光。

待那一帮人闪进禅房时，沈雪树已圆寂。

一行人见状，知道舍命相证的沈雪树所言必真。

他们怀着复杂的心情转身，随后，各行其道。

山上，群鸟振翅，阴风怒号，松涛呜咽……

一阵阵的西风，吹到了山下的清风镇，吹到了顾家大院。大院里的黄花，被纷纷吹落，纤细的花瓣，铺满了小径。

顾弈仙和青衣、紫薇各骑一匹快马，行走在雪原。

青衣和紫薇不知道，顾弈仙也不知道，沈雪树已经圆寂。

面对逼人的寒气，紫薇仍不忘调侃："一望二三里，烟村四五家，楼台六七座，八九十枝花。"

青衣道："这人家在哪里？这楼台又在哪里？"

青衣、紫薇的对话，没有把顾弈仙从乡愁里拉回。顾弈仙的思绪，已经穿过雪域，回到了中原：他想起了他的二爷，想起了义父，想到了秦淮河上的琵琶声。

成人后的顾弈仙，开始爱美人。朱楼歌榭，是他的爱去之处，尤其是他到了贺府之后，秦淮河上的画舫，画舫上的幽梦，是他的最爱。

"这一切，雪域上会有吗？即使有，也不会有幽梦！"

面对眼前两位貌若天仙的女子，他竟没有心动。想到雪域的气候，想到棋盘上空无对手、独孤求败的那一份寂寞，他是愁上心头。

他常常扪心自问："如果没有幽梦，如果没有对手，生命之于我，意义何在？"

从古山上下来后，顾弈仙一行三人在一家农户处，买了三匹马。

紫薇和青衣各挑了一匹骏马。顾弈仙听从农户建议，挑了一匹老马，后来迷路之后，顾弈仙才感到老农有先见之明。

顾弈仙单独喂了老马粮草，然后，牵着缰绳随老马前行。

老马很通人性，看顾弈仙下马而行，用头在顾弈仙身上蹭了蹭，眼神里，流露出的是感恩之情。

随老马前行约一个时辰。三人行到一个似曾相识之处：偌大一片的石林边，是一大片枯枝。面对大片的石林和枯枝，紫薇和青衣嬉戏之心全无。

他们迷路了。茫然，恐惧！无可奈何之后，三个人冷静下来。顾弈仙想如果找不到路，等待他们的就是死路一条。

顾亦仙对紫薇、青衣道："我们就随老马而行吧！"

他们一行继续行走在茫茫雪原。

他们的视线，被前方一物吸引。远远望去，石林前的雪地上，横有一人。

能在这个人迹罕至之处看到同类，三人是争先恐后上前。

看到有马奔来，那人忽然站起。

顾弈仙拍马先到。

和坐在雪地里的男人对视后，四目皆惊。

策马而来的青衣、紫薇望着两人的惊恐之相，不解。

顾弈仙终于开口："贺大林，你……你在抓我！"

"抓……你……"贺大林摇了摇头，"我是在找你！"说完后，驾大林倒地，永远睡在了雪地里。

顾弈仙离开贺府后，贺大林前功尽弃。他自然是恼羞成怒，因为顾弈仙早就和顾思齐断绝关系，贺大林自然是迁怒于莫愁湖畔的琵琶女梦幽。

贺大林带着手下去了莫愁湖畔。看到那一片绿荫，听到那娴雅的琵琶声时，他满脸的杀气退隐。当知道梦幽姑娘是河北沧州人氏也是贺姓时，贺大林后悔自己来此处晚矣。

再说，沈雪树舍命保古寺之事，传遍中原，又经过官府传到朝廷。朝野上下皆为沈雪树舍身护寺之举震动。朝廷又获悉贺大林犯上私造"行宫"，于是下令，将贺大林发配至雪域。

青衣、紫薇和顾弈仙一行三人，绕过贺大林，继续前行。

十一

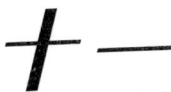

秦淮河乐声不断
擂台赛刀光剑影

几十年了。

一年一度，又是九月九日！

九月九日对应天城清风镇的人来说，是一个盛典。因为，就是在这一天，应天城最大的两家镖局——李家镖局和张家镖局将在擂台过招，以决胜负。

那时所谓的镖局其实只是镖局的雏形，更贴切的称谓应该是李家大院和张家大院。

很久以前，应天张家镖局和李家镖局为赢得应天第一镖局的美名，立下了一份生死文书，相约于每年九月九日这天擂台比武。开打之前，有乐手在一旁长歌："风萧萧兮易水寒……"而比武之后，总有"壮士一去兮不复返"。

擂台赛上，那刀光剑影的场面，让人眼花缭乱。

张、李两家为争应天第一镖局的美名，设擂比武已达几十年。其间，双方都赔了好几条人命。尽管镖主李亦道和张镇西都有偃旗息鼓、握手言和之意，但是要从刀光剑影的几代恩仇中抽身出来，并非轻而易举之事。慧风方丈决心已定，为了普度众生，他想一定要在今年的九月九日，结束这几十年的张李相斗。

又是一个"风萧萧兮易水寒"的日子,李家枪又对上了张家剑。

已大战了一百回合,李亦道和张镇西斗得筋疲力尽,还是难分高下。两人大吼一声后,枪、剑直指对方。

张镇西置生死于不顾,没有拨开悬头之枪,而是剑指对方心窝。台下众人大声惊呼,等待血染擂台。

此时,只见一位老僧凌空而起,身形疾如飞鸟。老僧腾身扑上擂台后,左手挡剑、右脚踢枪分开两人。

正杀得兴起,准备同归于尽的李、张二人被一阵风惊到。在众人"哎呀"声尚未吐出之时,李、张二人已同时倒地。

老僧双手合十,口中念道:"善哉善哉。"

少顷,老僧缓缓说道:"张镖主,李镖主,恩恩怨怨何时了?老僧知道你俩喜欢下棋,今天还是对弈一局泯恩仇吧。"然后,老僧对台下的小沙弥说:"慧瘦,收起枪、剑!"

张、李两家早有封枪挂剑之念,但因为惯性和碍于名声,又因为复仇心理,谁也不愿挂出免战牌。现在经老僧这一手软硬兼施,便决定骑驴看唱本——走着瞧,跟着老僧下了擂台。

老僧是隆兴寺新来的慧风方丈,他原本是古山悬空寺的住持。平素,他打坐之后,喜欢研棋磨墨修身养性。人们只知道他是一个象棋高手和书法大家,谁也不知道他还有如此了得的武功。

入佛门之前,慧风方丈的俗名叫晓风。那时候,他体弱多病,性格也孤僻,但却对自然界的一切有一种特殊的感知。春天万物复苏的时候,他会盯着嫩黄的小草痴看。而一夜的春风春雨,使满庭的李白桃红零落成泥,他又会生起莫名的伤感。秋天,南飞的雁群发出的"嘎嘎"声,同样会引发他的几多遐想,几多哀愁。

大约是晓风八岁那年。树黄了,又绿了;花开了,又谢了。看着满天飘飞的杨花柳絮,晓风的脑海里不经意间冒出了一个近似荒唐的念头：我也会像这些花一样随风飘落吗？树叶黄了有再绿的时候，花谢了有再开的时候，我如果死了明年还会再生吗？

在一个天色阴沉的中午，晓风沉沉睡去。不知过了多久，他仿佛穿越了一条漆黑的长长的时间隧道，又仿佛漂泊在黑浪滔滔的大海，四周的黑暗挤压着他，使他喘不过气来。

待晓风醒来时，一阵凉爽的风吹来，驱走了先前的燥热，进入他眼帘的是两位高僧的对弈图。那幅图一直悬挂于壁，晓风惊诧自己从前是闻所未闻。高僧对弈图在此刻进入视线，他认定此乃三生有缘。于是，晓风便潜心学棋，以后，又皈依佛门，入寺为僧，再以后，成为方丈。

张镇西不知道，这一次，慧风方丈来到九月九日的擂台赛，是和他的师祖，已在古山悬空寺修行多年的张甫林有关。

张镇西从没见过张甫林。后来，当张镇西见到张甫林时，他已从堂堂的一镖之主，沦为阶下之囚。

几十年前，应天城本有镖局不下十家，后由于李家镖局护镖屡屡成功和成功后的招兵买马，其他小镖局是日显颓势。最终，皆因财力、物力、人力等诸多因素而不敌李家，小镖局纷纷转行：有的做起了丝绸生意，有的干起了贩宝勾当。只有李家镖局的镖旗，仍然飘扬在秦淮河畔的烟雨小巷之中。入夜，秦淮河上的点点渔火和李家镖局高悬的灯笼融为一体，气度不凡。秦淮河上原本也有打劫渔家的游船水盗，后碍于李家镖局的声名和威势，纷纷弃盗经商。从此，秦淮河的夜晚，舟楫来往，乐声不断。

想当年，李家镖局在应天城是一镖独秀，好不威风。

那年，应天城四十来岁的大商人吕俊马倾其一生的资本和心血，为高原雪域的优雅宫铸造了一尊巨大的释迦牟尼铜像。高达三丈重达两万八千斤的铜像是一块块一条条浇铸而成，然后经过精细的打磨加工，最后巧妙地组合在一起，浑然一体，天衣无缝。当那尊铜佛像在应天的隆兴寺大院中组装而成时，顿时满院生辉，宛如真佛降临。众僧齐头下跪，三跪九叩头地磕起了长头。

很多天过去后，应天城里的一些老人还经常提起那尊铜佛。说那佛铸得真好，金光灿烂、溢光流彩、栩栩如生、呼之欲出——佛眼半开半闭，佛嘴似笑非笑，佛手轻拢，超然物外。从不同角度看去，竟呈现出不同神态：或大慈大悲，或神情严肃，或温文尔雅。观者无不敛声收气，默然肃立，敬畏之情溢于言表，忽觉这尘世皆空，都想皈依佛门。

为此，吕俊马踌躇满志。但踌躇满志后，又心事重重。吕俊马之所以心事重重，是因为他想他可能失算了。

商人吕俊马在一个有鸽哨响起的吉利的上午，走进了李家镖局。

李家镖局的镖主李清流其实是一个文人。李清流平素喜欢舞文弄墨，对大诗人王维是情有独钟。

当时，李清流已听闻那尊大铜佛之事，知道护镖之重担会落在他的肩上。李清流看了看红木书橱里的那尊释迦牟尼的像，得意之色溢于言表："此镖非我莫属！"

呷了两口茶后，李清流的脸色忽又暗淡无光。因为，他想到了自己已是六十高龄，想到了年轻时的那一次护镖。

护镖去雪域是一件极其艰难之事。李镖主年轻时曾护镖去过雪域，虽然九死一生完成护镖之重任，但一行人浩浩荡荡而去，丧魂落魄而归。几个弟兄丢了性命，原因并非是路遇劫匪，而是一路上难以适应的异常气候。从此，每谈雪域，李清流都会色变。后来，又一次护镖去雪域时，因夫人临产，由其师弟代劳，尽管护镖成功，但归来的途中，镖手几乎全军覆没。为此，李清流曾大病一场。

李家镖局已经两次护镖去雪域。

"这第三次，怕是逃不脱了！"李清流自言自语道。

李清流相信"事逃不过三"的说法。这里面有概率，有机遇，有偶然，也有必然。虽然不少人都时常把这句话挂在嘴边，但个中的奥妙，却是谁也说不清道不明。

"唉，我已老矣！"李清流长吁短叹。

"镖主，你不要为这件事而犯愁！我想，没有过不去的河，没有翻不过的山！"

一旁传来镖手张二小洪亮的声音。

张二小那年刚二十出头，来李家镖局已经十年。说是镖手，但李家一直拿他当儿子养着。张二小武功非凡，那一身少林功夫是好生了得。尤其是徒手擒刀的绝技，使绿林中人也闻之色变。张二小性格内向，聪敏好学。平时常常是这样，镖主还没道出个甲乙丙丁，他已猜出了子丑寅卯。

使女晓桥送上茶来。张二小在一旁愣愣地盯着她。

生就一副瓜子脸的晓桥，杨柳细腰，回眸一笑让人百愁消。

张二小倾慕晓桥已久，但碍于镖主之威不敢开口。因为这晓桥是镖主夫人上了年龄后，从娘家讨来的。不要说他张二小，就是这镖主也不敢随意造次。谁要想娶她为妻，一定要经过夫人这一关。镖主李清流曾有意纳其为妾，有一次话已到嘴边，看了夫人的眼神后，便又把话收回。

凭一个过来人的经验，李清流看出了张二小眼中的渴望。因为，他看到了低眉垂眼的晓桥，以及张二小被晓桥拉长的视线。

商人吕俊马走进镖局客厅时，张二小正看着晓桥，李清流正看着张二小。吕俊马注意到，李清流看张二小的眼神里，很有意味。一直到李清流答应护镖后，吕俊马才明白那眼神里的意味。

察觉到吕俊马正注视着他，李清流的视线，立马从张二小转向书橱。书橱里，有一尊释迦牟尼的像。

"镖主好！"

"吕二爷，你好！"李清流双手抱拳起身相迎。

吕俊马甫一入座，李清流立刻开口："敢问二爷，是哪一阵风把您吹来了？"

吕俊马心里咯噔了一下。这铜佛大事，他李清流不可能不知。以往，只要登门求镖，不等你开口，李清流便会主动询问去什么地方，要多少弟兄。

李清流今天的表现让吕俊马心里晃悠了一下。吕俊马知道李家两次护镖去雪域的惨烈。吕俊马想：这一次，李家不愿护镖？

吕俊马想，真是此一时彼一时也。

吕俊马准备开出高镖价。

吕俊马下意识地看了看张二小。按照江湖规矩，谈镖价时，除了镖主，伙计不能在场。

张二小看到吕俊马欲言又止，便读懂了吕俊马的眼神。张二小知趣地站起身来。

张二小还没有迈出第二步，就被李清流叫住。李清流看着吕俊马，掷地有声地甩出了三个字："你——说吧！"

想起方才李清流看着张二小的眼神，至此，吕俊马似乎明白了那眼神的内容。他知道，他可以开口了："今天前来，是想请李家护镖，送释迦牟尼的铜像……"

还没等吕俊马把话说完，李清流便是一声长叹："唉！派谁呢？您知道，前两次，唉！事不过三……"

"前两次，您都成功了。事不过三，这一次，当然还是成功！"

李清流看了看张二小，一字一句地说："吕二爷，我现在已是大不如从前了，我不可能再护镖去雪域。"

得知吕俊马上门，心急如焚的李夫人抛开繁文缛节，三步并作两步就赶了过来。她知道丈夫视名声为生命，李夫人怕丈夫为了镖局的名声再上雪域。

看到李夫人到来，三人均保持沉默。

李夫人看到三人正襟危坐的架势，她想还好吕骏马尚未开口。

再一看三人的神色，李夫人又叫了声不好：但见李清流神情凝重，张二小欲言又止，吕俊马则是一副准备拍板成交的架势。

李夫人知道，她已失算。

想到前两次护镖去雪域几乎全军覆没的结局，李夫人的心一时间跌落到深渊。

这个时候，张二小咳了一声。

张二小的这一声咳嗽，让李夫人的心从深渊又回到了山顶，从地狱回到人间。张二小的一声咳嗽，让李夫人自责自己的疏忽："我怎么没想到呢，既然张二小破例在场，其中必有玄机。看来，相公这回可以安稳在家了！"

有道是知夫莫如妻，李夫人了解自己的相公。

李夫人一阵窃喜。不过，李夫人绝对没想到，相公是安然在家了，但后来的镖局却失控了。

李夫人道："吕二爷，你知道我们当家的已六十好几了。他也不可能再上雪山……"

"唉！可笑可笑，应天城里竟找不到一家敢护大佛的镖局！"吕俊马起身，看着张二小，准备告辞。

"慢走——吕二爷……镖主虽年事已高，还有我在！"终于，张二小开口了。

张二小的这一句话，让李清流如释重负。

等到现在，就是为了这一句话。

吕俊马也知道，在李家镖局里，这张二小也算是个人物，足智多谋，武功了得。

李清流与吕俊马对视后，两双手，握在了一起。

当李清流起身欲送吕俊马离开时，张二小发话了。

"镖主，我可以提一个要求吗？"

"不管你提什么要求，我都答应。"说着，李清流又意味深长地看了夫人一眼："夫人，二小和晓桥姑娘都不小了，能不能……你看……"

李夫人见张二小挺身而出，已经感激不尽。她知道，今天如果没有张二小，李家镖局将陷入左右为难的境地：如果护镖，基本上会重蹈覆辙；如不护镖，李家镖局的几代英名将付之东流。

李夫人很爽快地说："好，这不是好事嘛！"

晓桥正端茶上来。李夫人一把拉过晓桥，和她耳语了几句。晓桥头一低，两眼盯着脚尖。一侧的张二小看到晓桥的脸由白而红，顿时热血沸腾。但张二小很快就控制住情绪，静静地站在一旁，冷眼看着这一切。

历经千辛万苦，张二小最终将铜佛送到雪域。

返回应天后，张二小得到了镖主李清流的重赏，因为，他不仅仅完成了护镖的重任，更重要的是，张二小维护了镖局的声誉。

在张二小回来的第七天，李清流为张二小、晓桥举办了婚礼。

婚礼三天后的上午，张二小请了李清流、李夫人、吕俊马一行人喝酒。

酒过三巡，张二小走到李清流面前："镖主，护镖前，我曾向您提出过一个要求，当时，吕二爷也在场。您说不管我提什么要求，您都会答应我。"

李清流看着张二小，一时竟语塞，他不知道张二小为什么旧话重提。他想，婚礼不是已经办了吗？

想到这里，李清流说："我当时是答应过你，晓桥不是许配给你了吗？"

张二小回答道："镖主，我当时并没有提这个要求……"

李清流满脸疑惑地想了一想："是的，你当时是……你要提什么要求？"

张二小问："你会答应吗？"

李清流："君子一言！"

张二小看了看吕俊马，又看了看镖主："我想自己办一个镖局！单独干！"

张二小冷冷的声音，如一把锋利无比的冷剑，直刺李清流。

李清流全身发冷，这一冷，竟冷到了骨子里。

通常，镖手要离开镖局，李清流都会放行。离开镖局后去干什么，他几乎都是不闻不问。但今天，听了张二小的要求后，李清流却一改平日的爽快。

李清流点头不是，摇头也不行。他愣在了那里。

一旁的李夫人也同样发愣：张二小成功护镖回来后就离开镖局，那么，这次成功赴雪域护镖的美誉，也要让他一起带走？

"镖主，君子一言，驷马难追，如果您不做君子，也就罢了！"张二小一字一句掷地有声。

李清流被逼到了悬崖上。

李清流绝对没有想到，平素低眉垂眼的张二小，会剑走偏锋。事到如今，已别无他路可寻。他用冷冷的目光刺了张二小一眼。然后，他冷冷地说："你——走吧！"

再然后，李清流与夫人起身。

李清流的那两道寒光，让张二小不寒而栗。

张二小自立镖局后，李清流一病不起，其子接管了镖局。

一年后，李清流永远躺了下去。

再以后，便有了李、张两家的九月九日的擂台赛。

十二 | 老方丈煞费苦心
小徒弟神与物游

　　为了化干戈为玉帛，把李亦道、张镇西锁在斗智斗勇的棋盘上，慧风方丈是煞费苦心，用足了心思。

　　那天，方丈取出一个白布包，小心翼翼地一层一层地打开。布包打开后，李亦道和张镇西看到了一只雕花红木盒。红木盒色泽清淡，格调高雅。走南闯北、见多识广的李亦道知道，这一只平面浮雕的雕花红木盒，应该出自东阳。方丈让小沙弥取来刷子、抹布和上光蜡，先是用干抹布在雕花红木盒掸了一掸，然后，用刷子将上光蜡涂于雕花红木盒的表面，用抹布擦一下抛光。

　　为了避开九月的阳光，方丈捧着雕花红木盒，来到老槐树下。随后，方丈把红木盒放在老槐树下的石凳上，从中取出了一张棋谱。

　　张镇西看着棋谱，心想不会是《踏雪寻梅》谱吧，不然不会放在这么贵重的盒子里。

　　李亦道没有看到棋谱。他的视线还黏在红木盒的浮雕上。平时除了习武，李亦道喜欢篆刻。

　　小沙弥端上茶具欲冲茶。

　　慧风方丈制止："我来吧。"

　　慧风方丈站起身，要给李亦道和张镇西泡茶。

李亦道和张镇西也站了起来。

慧风方丈端过小沙弥手中的大茶壶，注入张镇西的杯中。

水已注满，但方丈的手势依旧。

望着茶水不断地溢出杯外，张镇西大惑不解："方丈，水已溢出。"

慧风方丈："杯子就是你，你就是这只杯子，你不把你自己的杯子倒空，叫我如何对你说禅说棋！"

似解非解的张镇西微微点头。

李亦道上前一步，接过方丈的大茶壶，注水于他的杯中。

茶水溢出，不息……

李亦道："我也要把我的曾经倒空。"

看着李亦道和张镇西，方丈开始说棋："棋虽小艺，义颇精微，专心才能有得，合法然后能胜。"

张镇西专注地看着棋谱，李亦道专注地看着方丈。

说完后，慧风方丈又吩咐小沙弥："把笔墨取来。"

小沙弥取来了笔墨。慧风方丈铺纸，小沙弥在一旁研墨。

慧风方丈写了两张条幅赠给李亦道和张镇西，一张上写的是：心同转物，即同如来。另一张上写的是：凝思尺半方寸，神游八荒六合。看看墨迹未干，慧风方丈又为小沙弥写了一幅字：

山僧对棋坐，

局上竹阴清。

映竹无人见，

时闻落子声。

张镇西上前附庸风雅："方丈的书法精妙绝伦，想不到诗也是如此之好。"

一旁的李亦道更正："这一首诗非方丈所作，是白居易《池上二绝》

中的一首。"

方丈闻之，面无表情。

小沙弥把墨迹已干的两幅字卷起，又去寺中取来棋具。慧风方丈摆出一个古棋局，对二位说："这个棋局叫作'弋不射宿'，出自《论语·述而》'子钓而不纲，弋不射宿'。"

慧风方丈见一旁的张镇西难解其意，便解释道："这句话的意思是说孔子只用钓竿钓鱼而不用网网鱼，用箭射鸟而不射已归巢歇宿的鸟。从中可见孔子的仁者之心。"须臾，他指着棋盘道："这局棋黑方的归心马可作为归巢的宿鸟，红方右炮平中叫将，只是把它赶走而不射。"

说完后，方丈又神秘兮兮地拿出一张画在纸上的棋谱说："这就是民间传说的《踏雪寻梅》谱，据说它和一批价值连城的字画有关。这张谱里，有藏宝的地点。"

"《踏雪寻梅》！价值连城的字画！"张镇西惊呼！

李亦道也听说过有关《踏雪寻梅》谱的传闻，但是他有点不以为然。

慧风方丈说完后，把棋谱卷起，然后，又展示了一个六个子的残局。方丈非常严肃地说："我说两件事，你们两位听着。谁能先拆解出这个残局，并能配上一个确切的名字。或者，谁能先打败清风镇的棋王，谁就能得到《踏雪寻梅》。"

清风镇的棋王，几乎是一年一换。张李两位知道，再怎么换，也轮不到他们。因为他们的棋艺，与清风镇的棋王相比，相距甚远。

不过，听了这个故事后，张李二人都专心致志地研究起象棋来。

嫁给李亦道后的这几年是王凌夕最快乐的时光。李亦道虽然没有刀枪入库的意思，但由于成天把自己浸在楚河汉界里，两个儿子也被象棋吸引。看到父子三人温文尔雅的对弈，想到九月九日的擂台比武也将从此远去，王凌夕的脸上，洋溢着幸福。

父子对弈，其乐融融

正因为王凌夕的脸上满溢着幸福，因此，那久而不闻的《流水》声，又在李府响起。

这声声不息的《流水》，在李府上空漫延，被一阵风掠过后，飘落到秦淮河上。

慧风方丈身边的小沙弥慧瘦是雪域人氏，是前些年慧风方丈进雪域讲学时，他的师兄慧子方丈托其将他带到中原修行。

小沙弥聪敏好学。但小沙弥也像他的法号慧瘦一样很瘦。

慧风方丈在雪域看到慧瘦时，便对师兄慧子方丈说："这孩儿，有慧根。"

在小沙弥慧瘦的眼里，慧风方丈似乎总是穿着同一件僧衣：其颜色说白不白，说蓝不蓝，说灰不灰；夏天是它，冬天也是它，在寺里是它，出门还是它。

慧瘦曾问方丈："方丈，您这件僧衣穿了多少年？"

"记不得了，大概，有几十年了吧。"

慧风方丈这件僧衣的布，初看上去，很像北方农村里的一种织布。那是在朔风狂吼、大雪封门的农闲季节，老婆婆们坐在炕头用纺车和织布机一寸一寸织成的。对这件僧衣的颜色，小沙弥一直猜不透：它的本色是什么？是深灰，还是靛蓝？后来，小沙弥实在忍不住了，便问方丈。

方丈说："都没猜对，原色是白布，普通的白布，我把布放在墨汁里泡过。"

一次，慧风方丈笑着说了一件事：方丈有一把非常钟爱的茶壶，是件稀世之宝。相传还是当年一位公主入雪域时的陪嫁之物。一天，小沙弥慧瘦捧壶把玩，一不小心，失手打破。小沙弥知道闯下了大祸，他一时六神无主。这时，小沙弥突然听到了慧风方丈熟悉的脚步声。

他急中生智，连忙把打破的茶壶放在身后。当慧风方丈走近时，小沙弥突然问："方丈，人为什么一定要死呢？"

"这是自然之事，世界的一切，有生就有死。"

听到这里，小沙弥拿出已破的茶壶对方丈说："方丈，您茶壶的死期也到了。"

慧风方丈看到破损的茶壶后，哈哈一笑。

听到这里，李亦道和张镇西也是哈哈一笑。

李亦道和张镇西走后，慧风方丈想到茶壶之事，冲着小沙弥的背影一笑。听到方丈的笑声，小沙弥回过头来："方丈，您笑什么？"

"我想起了那把茶壶。"

平素，慧风方丈与小沙弥下象棋时，要先练"内功"。两人盘腿而坐，双手合十，想象四野皆空，进入无人之境。除了喉结偶尔滑动一下，活脱脱如东阳木雕一般。如此练内功，是为了凝神聚思。

方丈常常对小沙弥说："棋能'通神'，或曰'入胜'。历代文人对此皆有浓厚之兴趣。黄庭坚棋诗里有：'心似蛛丝游碧落，身如蜩甲化枯枝。'苏东坡自称：'予素不解棋……予亦隅坐，竟日不以为厌也。'赵师秀则有：'有约不来过夜半，闲敲棋子落灯花。'杜甫的'老妻画纸为棋局，稚子敲针作钓钩'，更是年老兴浓。"

听着方丈抑扬顿挫的讲课声，听着庭阶小鸟的叽喳声，小沙弥神与物游，又深深地陶醉于满园的菊花中。

为了让李亦道和张镇西移情于楚河汉界，方丈根据李亦道和张镇西的喜好，教李亦道使炮，教张镇西用马。

由于每每闻鸡鸣即起，月上中天方才就寝，几年后，李亦道的棋艺日渐有长，而且，使炮运马能因时而异，进退自如。后来，李亦道的外孙女婿朱晋桢根据他的用炮之阵法，编成一部在象棋史上具有极高价值的专著《橘中秘》。张镇西的投入也应该是物有所值：方丈教他的用马法，也被康熙年间一个叫王再越的棋人编入一部屏风马的专著《梅花谱》。

　　春去秋来，花开花落。

　　李亦道、张镇西的棋艺一天天成熟了，小沙弥也一天天长大了，而慧风方丈，却一天天衰老了。

　　一次，方丈拄着拐杖，带小沙弥又去了藏经楼。当小沙弥摘下门上的锁头时，方丈早已把拐杖立在一旁。方丈双手用力一推，那两扇厚重的大门訇然中开。但接下来，小沙弥听到的是方丈长长的、重重的呼吸声。

　　想到那年方丈在九月九日李、张打斗时冲上去的情景，看着如今日渐衰老的方丈，小沙弥的眼圈湿润了。

　　方丈把习武和行棋的窍门传授给小沙弥，他担心自己归去已有时。

　　那日黄昏，方丈看着天空中一羽飞鸽，又下笔为小沙弥精心书写了一幅行草：君子之风。

　　很多天以后，当小沙弥把条幅与鸽子联系在一起时，才明白了方丈的良苦用心。

　　记得方丈当时对他说：对老家的记忆，是缘于那一群鸽子。早在一百多年前，老家已在败落中荒凉，偌大的院落也是冷冷清清。由于贫困交加，族人纷纷背井离乡。

　　只有那一群群鸽子，一代又一代，陪伴着寂静的院落，贫困的主人。

　　那些白色、铁灰色、棕色的鸽群，有它们自己的世界，时而在天空翱翔，时而在房顶嬉戏玩耍。入夜，则飞回房檐下叫个不停，给寂寞的院落，增添了情趣。

　　那一群鸽子的祖先，最早一直栖息在宜兴县城的金山寺附近。

冬日的阳光，似一个垂垂老者，无力地映在方丈的身上。小沙弥望着冬日的阳光，忽然就想到了一个难解之题，于是便问方丈："何谓大境界？"

"宇宙不算大，乾坤不算大！"

小沙弥看了看垂垂老矣的方丈又问："方丈的境界这么高，由此推断，方丈的棋应是天下第一也！"

方丈正色答曰："先人在世时，曾反复告诫，天下只有第七而没有第一。当年隋唐豪杰打擂，英雄死绝，只留下小小罗成一个，你说他是第一还是第七？"

小沙弥答曰："是第一也是第七，是第七也能算第一。"

方丈："非也。八卦图上最讲究的就是这第一与第七了。七七四十九，九九才能归真。第一为先，第七为巧，先为金，巧为土，土能掩金，金岂能掩土乎？"

小沙弥再看了看方丈，觉得这一瞬间，方丈身上的阳光，竟是灿烂无比，辉煌无比。

可惜的是，这灿烂与辉煌，仅仅是瞬间。

第二天，早早醒来来到院中的小沙弥看见：方丈穿着不白不灰的僧衣，拄着拐杖，站在老槐树下空视远方。

"慧瘦啊！"方丈一声长叹。

"方丈……"

"张李两家虽已偃旗息鼓，然冰冻三尺非一日之寒。我年事已高……这事就拜托你了。"

"方丈……"

"李亦道忠厚宽容，善守方圆，亦可助力。我担心张镇西会再生事端。"

"方丈！"小沙弥含着眼泪应答。

张家镖局。

身高马大、年轻力壮的张小田一走到柳一湄的住处，就会有一种莫名的冲动。但每一次，他都告诫自己，此女是镖主之人，万不可随意。尽管，忠厚之人张小田不会越雷池一步，更知道越雷池的后果，但是，每当他跨出门时，都会抑制不住冲动。因为，他总感到四合院的那一边，在那一块迎风飘舞的红手巾一侧，有一双娇媚的眼睛在勾留着他。有好几次，他以为是产生了错觉，遂斗胆仰视。

千真万确！万确千真呀！

每次，仰望的结果，都是四目相对。

张小田终于明白，他每次推门而出时，已被对面楼上，红手巾一侧的那双眼睛紧锁。

白天，张小田甚至不敢多想。夜深人静时，红手巾与红手巾一侧那含情脉脉的双眸，竟会潜入梦乡。他想：我真该死！

有好几次，当张小田吱呀一声开门时，对面楼上，都会出现那个妖媚的身影。

那天上午，张小田虽然知道张镇西已去了隆兴寺，推门而出的张小田和平时一样，还是没有勇气抬头。

张镇西、李亦道两人在方丈那里，是每天对弈两局。每局终了，方丈都会为他俩复盘，指出对局中的成败得失，其间，还不时授以做人之道。在方丈的熏陶下，两人杀气渐消。

一年以后。

坐在石凳上的方丈，望着空明的庭院，望着庭院中的落叶，叹息着对张、李二人说："你们俩，过来！"

李亦道和张镇西都感到了方丈的反常。平素，对局至一半，方丈从不会叫停。

两人立马起身。

"你们俩，随我来。"

随方丈进了禅房后，两人为方丈取纸、研墨。

方丈在铺开的宣纸上笔飞墨舞。那是北宋理学家程颢的象戏诗：

> 大都博弈皆戏剧，象戏翻能学用兵。
> 车马尚存周战法，偏裨兼各汉官名。
> 中军八百将军重，河外尖斜步卒轻。
> 却凭纹楸聊自笑，难如刘项亦闲争。

张、李二人看了落款上"绝笔"两字，一时愣住。

"两位爱徒，我大限已到，天意不可违。我心里最放不下的是你们，希望你们俩永远不再干戈相见。"

李亦道早已得知方丈近况，但看到绝笔二字，还是感到突然。须臾，李亦道问："师父，您家人在何处？"

"我只有前人，没有后人。前人也，此谱之收藏者。"说罢，方丈从书架中取出一张《六子残局》谱。

一边的张镇西是两眼直勾勾地盯着《六子残局》谱。

第二天上午，慧风方丈在禅房圆寂。

小沙弥、李亦道和张镇西三人面对魂已归天的慧风方丈，长跪不起。

慧风方丈亡灵超度佛事仪式，是小沙弥按雪域佛事仪式操办的。

香烟弥漫的隆兴寺庙里，烛火闪烁跳动，人们的影子在金色的佛像前摇晃舞动。僧人们面对面成行坐着，抑扬顿挫地诵唱着超度经文。随着仪式的缓缓变慢，最后传出的是令人心颤的韵律，紧接着又是一阵瑟瑟声，最后归于沉寂。

十三 | 张镇西欲谋古谱
小沙弥冷着侍候

　　超度完慧风方丈之后，小沙弥请来李亦道和张镇西，告诉二人，方丈圆寂前写有遗言。说着，小沙弥展开了一张纸：两位爱徒，谁先解出《六子残局》谱，并为《六子残局》谱起一个贴切的名字，《踏雪寻梅》便归谁。

　　张镇西早已对"六子残局"进行了多次拆解，但依然厘不清头绪。

　　慧风方丈圆寂后，张镇西对《踏雪寻梅》更是心驰神往。他自知棋力不逮，他想请人代为解谱。于是，就把他的那些狐朋狗友请来，结果是狐朋狗友就是狐狗，他们不可能解出"六子残局"，起一个贴切的局名更是天方夜谭。

　　张镇西三两天就要去一回禅房。每次看到的，都是面对棋盘不着一子静坐而思的小沙弥。

　　张镇西看到这个画面，是忍不住问："难道，你也在破'六子残局'吗？"

　　"不！"小沙弥依然是闭目静坐。

　　张镇西不解："不为破译，何苦如此？"

　　小沙弥睁开双眼："方丈说，有的时候，一人独处一室，一桌一椅一杯茶，独对不着一子的棋盘，久久地凝视，那有限的纵横经纬会无限延伸，恍惚间，仿佛置身于茫茫的宇宙之中，而我们的思绪，则在这宇宙间无拘无束地横冲直撞。如果再信手拈起一只小卒，轻轻地下在棋盘上，清脆的一响便回荡在耳畔，回荡在宇宙……"

小沙弥的架势和腔调，如慧风方丈再现，张镇西恍如入梦。

人为财死，鸟为食亡，此乃天经地义之事。千里经商皆为财。我哪有心思去关心你的道啊，宇宙啊，我只要那张古谱。

张镇西在方丈的禅房中东找西寻。

小沙弥见状，实在难忍："张镖主，你到底要干什么？"

"我来闻闻方丈的气息！"

小沙弥双手合十，心中暗暗佩服，方丈真是先知先觉。

与张镇西一样，李亦道也时常去隆兴古寺。

与张镇西不一样的是，李亦道没去慧风方丈的禅房，只是静坐在老槐树下的石凳上，感受方丈的气息。有时，他看着在风中摇曳飘飞的树叶，潸然泪下。

从内心世界里流露出来的情感，是最真实的情感。

李亦道感谢慧风方丈的指点迷津。他并不愿意每年九月九日与张家镖局干戈相见。但是，作为李家镖局的镖主，为了李家镖局的声誉，为了雪耻，他又必须在九月九日那天，与张镇西舍命相搏。

李亦道知道张镇西心狠手辣。李亦道也知道，如果不是他的武艺高出张镇西一截，他早已成了张镇西的剑下之鬼。

李亦道为感谢慧风方丈，决心破解"六子残局"，找到方丈的前人。

看着老槐树下闭目静坐于石凳的李亦道，小沙弥想方丈果然识人……

听到脚步声，李亦道睁开双眼："小师父好，你可知道方丈的先人是谁？"

"实在惭愧！我也不知。方丈说解了'六子残局'后，自然能知道他的先人。"

"不知道我们……不！不知道我是否能了此愿？"

"行！你肯定行，方丈说你一定能行……"

李亦道收回了停在老槐树上的目光，对着小沙弥点点头，走出了古寺。

回家后，李亦道上了听雨轩，面对书案上的"六子残局"苦思。一侧，是他心爱的红木博古架。博古架上，是他的文房四宝与篆刻作品。每当他拆棋解谱苦于无招时，都会看一看博古架：横竖不等、高低不齐、错落参差的一个个空间，打破了横竖连贯规律性的格调，常常会让他灵感突现。

功夫不负有心人！一个月后，李亦道成功拆解了"六子残局"。

拆解以后，李亦道又在苦想残局的标题。

琢磨几天后，李亦道为"六子残局"起了个很贴切的局名——"玉层金鼎"。这时，他忽然想起在府衙做史官的朋友宋正孤。当即，他去了府衙。宋正孤受李亦道之托，在大量的史料中查找，终于找出了六子二十回合的古残局"玉层金鼎"的创造者——南宋的文天祥。

李亦道心想，怪不得方丈一身正气，原来他有个曾写出《正气歌》的祖宗。

张镇西从朋友那里获悉李亦道破译了"六子残局"后，专程去了李府。

张镇西的光临，李亦道没有感到突然。

李府的建筑，与张府相似，少的只是张府那七弯八拐的机关。

李亦道把张镇西请到了听雨轩。这听雨轩，原先是李家登高环视的瞭望台。现在，这听雨轩成了李亦道的书房，也是听雨观景之处。

"恭喜你，你要发大财了！"

李亦道声明："我对《踏雪寻梅》没兴趣，我只是想通过'六子残局',找到慧风方丈的先人。"

对于李亦道的声明，张镇西认为是对他的忍让。他想，你李亦道不要成天端着个正人君子的架子，因为，我曾在秦淮河的画舫上遇到过你。当时，二人都还未成家。

张镇西当然也不敢把画舫偶遇之事宣扬出去。因为一宣扬，就是自证在现场。

李亦道一直把画舫之事看成一个污点。

李亦道知道张镇西贪杯，遂为张镇西斟酒。

想到昨天干戈相见的对手，今天能在一起把盏"言欢"，李亦道非常高兴。

两人登高怀古，对酒当歌。喝到尽兴时，李亦道推开了临河之窗。

秦淮河上，帆影点点。面对此情此景，李亦道是一阵感慨："生命如这东流水……"

一番人生几何的感叹后，李亦道忘记了张镇西贪婪的本性，竟然把古残局的路数一一道出。

望着博古架前的李亦道，张镇西的贪婪之相又显："不知道哪一天《踏雪寻梅》谱能归我？"

第二天，张镇西去了隆兴寺。进了隆兴寺后，他肆无忌惮地在房间的板壁上东敲西摸。

"笃——笃"的敲门声响起。

敲门声不高，节奏徐缓。但这样的敲门声，这样的节奏，让做贼心虚的张镇西胆怯。一时间，张镇西闻声色变，他以为是方丈灵魂现世。

壮了壮胆后，他厉声问道："谁！"

"张镖主，是我。"门外，传来了小沙弥稚嫩的声音。

小沙弥进了门后又问："张镖主，你到底要找什么？"

看到来者是小沙弥，张镇西和颜悦色道："小师父，方丈一定对你说过什么……"

小沙弥想，早说也要说，晚说也要说，终究要有个了断："方丈要说的话，已经在遗嘱上交代了。"

"小师父'六子残局'我已解出。《踏雪寻梅》谱该归我了。"

说着，张镇西急不可待地取出方丈的象棋，摆好"六子残局"。

小沙弥想张镇西这一回难道真是捷足先登了？想想这个人平素行事不靠谱，便敷衍道："我记住了，让我再查一查。"

小沙弥记得慧风方丈曾说过，这一残局并不复杂，难的是起一个贴切的局名。

张镇西要求小沙弥立马兑现。

小沙弥不改决定："我查一查再说。"

张镇西很无奈："我明天一早再来。"

当天晚上，满腹狐疑的小沙弥去找李亦道。

远远地，小沙弥听到了飘来的琴声。这琴声，似层峦叠嶂，幽涧滴泉，清清冷冷；继而，泉流又聚成淙淙潺潺的细流；随后，飞流的瀑布汇成波涛翻滚的江海……

小沙弥知道，这是王凌夕在弹奏古琴。小沙弥也知道，这古琴曲叫《流水》。听到了《流水》声，小沙弥为李亦道感到高兴。他知道，王凌夕的心情一定很好。李亦道曾说最怕的是王凌夕弹奏《胡笳十八拍》，最喜欢的是王凌夕弹《流水》。

张镇西近来不时外出贪色。

张镇西的外出贪色，为柳一湄勾引张小田创造了条件。

平素，因受制于他人，除了偶尔馋猫贪腥外，张镇西是慎之又慎。他怕一不小心因小失大，坏了大事。

柳一湄本也是个良家女子，来到张家后，她虽然守身从良，但每每看到高大威猛的张小田，便会情不自禁。

说是到张家做侍女，其实是当小姐养着。因为，王芃芃见柳一湄琴棋书画都拿得出手，甚是喜爱。

柳一湄虽然能弹一手好琴，却弹不出名曲《流水》。

由于闲来无事，自然会无事生非。

于是，柳一湄便常常在红手巾的一侧，望穿秋水。

这一次，她没有失望。

门，开了。那个人影，终于出现。

低首垂眉，想抬头又不敢。那高大的身影和畏缩的步态，使柳一湄想到了憨厚的缩头乌龟。

到底，那缩头乌龟还是挡不住诱惑，抬起了头。

看到张小田抬头，柳一湄晃了两下又一次倒了下去。张小田看到柳一湄突然倒地，顾不了那么多的礼节，三步并作两步一拐弯，又三步并作两步便上了楼梯。

柳一湄晕了过去，倒在了夕阳下。

张小田叫了几声，柳一湄勉强睁开眼。

"抱我进去！"柳一湄的话，虽呓语般轻柔，但却坚定有力。

张小田被这股力量莫名地支使着，又被眼前的娇媚引诱，双腿一弯，左膝着地，两手一伸，就把柳一湄抱了起来。

柳一湄闭着眼睛，钩住了张小田的脖子，然后，又睁开了双眼。

面对女性的清香和勾人的媚眼，还有那红红的嘴唇，张小田是欲罢不能。

张小田醉了！

夕阳和张小田一起，也醉了！

慧风方丈圆寂后，李亦道办起了象棋义学。

李亦道本是江南才子，名声在外，很有号召力。尽管，李亦道的棋力不及清风镇的棋王，但棋王只会下棋却教不好棋，更没有李亦道琴棋书画都拿得出手的才情和那一身了不得的武功。

李亦道办象棋义学的消息传开后，引来了四面八方的棋童。

为使棋童感受方丈的遗风，李亦道特地在园中辟出一块空地，嘱咐工匠在空地上摆起石桌石凳，又在空地上移来几株枝繁叶茂的老槐树。四周的院墙，也修建得与隆兴寺的院墙极相似，被当地人称为"小隆兴寺"。

小沙弥记得，有一次他去"小隆兴寺"时，恰逢李亦道在讲象棋之道："象棋，古称象戏。最早见于文献记载的是战国时期，屈原曾在《楚辞·招魂篇》中，描写过富丽堂皇的楚王宫中斗象棋的精彩场面。南北朝时期的北周武帝，亲自编撰《象经》一书，下令以下象棋作为士兵们必修的一个军事游戏课目。唐代末年，我国发明了火炮，此后，'炮'也就被吸收到象棋中来。北宋末年，出现了棋盘纵十路，横九路，有河界，基本上具备了现在象棋的规模。"

此时，又有学童问李亦道："老师，象棋的象字怎么解释？"

李亦道说："元朝有个念常和尚，在所著《历代佛祖通考》中说：'神农以日月星辰为象，唐国相牛僧孺用车、马、士、卒加炮，代之为机（棋）矣。'"

小沙弥看了看老槐树，又看了看李亦道，暗思："方丈啊，您的眼光真准！"

张家镖局在李家镖局不远处的东南侧。张府为四合院，张家大院是明堂天井，粉墙黛瓦。大院的结构，有单进、前后进，也有前后厅的。当年，为防战乱，张府的建筑是曲径通幽的模式，道路弯曲，屋屋沟通，宛如迷宫。四合院内，有天然的水井，大旱不涸，久雨不溢。

为了镇住西侧的李亦道，张镇西发奋用功，苦练张家剑。他不是追求至善至美，仅仅是为了"镇西"，因此难入大境界。正如他习棋，仅仅是为了《踏雪寻梅》谱里的那笔浮财，而不是求道。因此，尽管在一段时间里，他的棋艺有所长进，曾一度高于李亦道，但最终还是被李亦道超出。不过，平心而论，张镇西虽然境界不高，但亦是聪敏之辈：无论是剑法，还是篆刻书法和棋艺，只要他一搭手，也能露几手。

张镇西虽然聪敏，但仅仅是以智谋小，喜欢与他人一较高低。见李亦道书法、篆刻有成，他也去学书法、篆刻；见李亦道娶来红香楼才女，他也去寻了一个"红香楼才女"。

正因为心胸狭窄，又亦步亦趋，所以张镇西做事往往流于肤浅。更要命的是，他费尽心机苦苦得来的"红香楼才女"，此刻正候在二楼的红手巾下，静等猎物上钩。

张镇西走过那一片栏栅时，会情不自禁地抬头看"柳"。那一方红手巾于他而言，是红香楼的象征。因此，他要求柳一湄，无事便悬着那一方红手巾。

张镇西不知道，他其实也是一个猎物。

为了得到《踏雪寻梅》谱，张镇西还是三天两头就去禅房。

张镇西没有把小沙弥放在眼里，在张镇西的眼里，小沙弥只是一个小小沙弥。

千算万算，张镇西怎么也没算到，方丈竟会把《踏雪寻梅》谱，交给这一个小小沙弥。

张家镖局大院

他想这样也好，既然在小沙弥那里，就有了机会。如果这棋谱落到李亦道手里，就是麻烦事一件。因为李亦道的武功，在他之上。不过，即使古谱在李迹道那里，也无大碍。因为，尽管李亦道的武功在他之上，但李亦道亦有其致命之处——心太慈手太软。

无毒不丈夫。在张镇西的眼里，"无毒"的李亦道不是"大丈夫"。那一年的九月九日，是张镇西与李亦道的首次交手。

张镇西抽出长剑，一道寒光闪过，杀气就满了擂台。

没想到，李亦道却视而不见，只是说了声："好剑！"

随后，两人同时一声喝，同时抢身过去，斗在一处。几个回合过去，张镇西手中那把无意青锋剑，被李亦道的多情枪挑飞。而且，那把多情枪正逼住张镇西的心口。只要李亦道稍稍发力，张镇西就会去西天报到。

张镇西两眼一黑。

张镇西没有等到一枪穿心。

李亦道太善良了，他把直指张镇西心口的长枪收了回去。

遵照慧风方丈的遗嘱，张、李二人谁能先拆解"六子残局"，并起一个贴切的局名，就能得到《踏雪寻梅》谱。小沙弥想方丈也真是煞费苦心：为了把张李两家从你死我活的擂台上分开，竟然赔上价值连城的《踏雪寻梅》。

小沙弥告诉李亦道，张镇西已拆解了"六子残局"并命名为"玉层金鼎"。李亦道听后，说了两个字："无耻！"

李亦道把事情的来龙去脉告诉小沙弥，然后又补充了一句："《踏雪寻梅》谱我也不想要。"

小沙弥去了宋正孤处，确认了《六子残局》谱系李亦道拆解。

多情枪挑飞无意剑

从宋正孤处归来后，小沙弥又一次去了李府，讲述了慧风方丈的遗愿。

李亦道唯恐有辱清白，也担心《踏雪寻梅》会带来危险，执意不受。

面对东去的秦淮河水，李亦道是五味杂陈。

看着李亦道心潮难平的模样，小沙弥实在难辨其因："李镖主，如果你再执意不受，那就辜负了方丈的一片苦心！"

听了小沙弥的一番话，李亦道感到左右为难。

看到李亦道心有所动，小沙弥采取了以退为进的激将法："唉，方丈，您的两个徒弟，一个不恭，一个虚妄，您的心血，算是白费了。"

李亦道知道事到如今，他已无退路："小师父，你真是难为我了！这棋谱，我暂且代为保管。"

小沙弥掏出了比黄金还要金贵的《踏雪寻梅》谱。

如小沙弥所料，面对多少人梦寐以求的宝物，李亦道居然没有多看一眼。

看到面对宝物不为所动的李亦道，小沙弥再三叮嘱："方丈生前强调，这棋谱，熟记后烧了。不然的话，后患无穷。"

听到后患无穷这四个字，李亦道怔了一怔，然后只是说了一个简单的"好"字。

李亦道舍不得烧掉方丈的遗物。待小沙弥走后，李亦道用一大张油纸层层包住棋谱，卷起来塞进一只花瓶后，封住瓶口。夜晚，李亦道在院中的老槐树下挖一个洞，小心翼翼地把花瓶埋了进去。

藏好花瓶后，李亦道上了听雨轩，研墨、挥毫，虚室生白。

从李亦道府上出来后，小沙弥晃悠在乡间小路上。想到方丈遗愿已了，想到方丈祭日的七七四十九天后，他可以回到雪域高原的家乡，情不自禁地哼起了歌。

"正月十五那一天，文成公主……"

"小和尚，留步！"

斜刺里，传来了一个熟悉又陌生的声音。

这熟悉的声音，从来没有如此凶狠。

"张镖主，什么事？"小沙弥听到对方如此凶狠，不解，但还是一如往常，恭恭敬敬地回问。

小沙弥一眼扫去，看到张镇西居然还背着那把青锋剑。

还没等小沙弥回过神来，又是一声疾喝："小和尚，你不要捣鬼！"

"捣鬼？……捣什么鬼？"

"我要《踏雪寻梅》。"

"不可能！当初方丈立了遗嘱，解出'六子残局'者，才能得到《踏雪寻梅》。"

小沙弥语气坚定，那气势，令张镇西发怵。

"这不公平！方丈偏袒李亦道！"

小沙弥暗笑："你说方丈不公平？"

"《六子残局》与《踏雪寻梅》的干系，我没有听说过。这遗嘱之事，我也是刚刚知道，你说这公平吗？"

小沙弥嘲讽道："张镖主此言差矣！"

"当初，慧风方丈在老槐树下曾交代：谁先破了这谱，找到这残棋的出典，《踏雪寻梅》就归谁。"

这一件事，慧风方丈在遗嘱里也提及。小沙弥记得，当时，慧风方丈说完后，还闭上眼睛，倾听秦淮河水流淌的声音。

想到慧风方丈当初的神情，小沙弥思量，难道，方丈当时已经料到今天？

回到当下的小沙弥眉峰紧锁："不公平吗？"

面对小沙弥的威严，张镇西有所收敛："这遗嘱，是真的吗？"

有一搭无一搭地，两人一路说来，不知不觉中已进了隆兴寺。

"不相信吗？你随我来。"小沙弥把张镇西带进了禅房。

禅房右壁上，新挂有慧风方丈的一幅手书。手书的左边，还有一张棋谱。

小沙弥右手一指："张镖主请看。"

张镇西抬起头，看到了墙上慧风方丈带有禅味的行草："谁先解出'六子残局'，并为《六子残局》配一个贴切的名字，《踏雪寻梅》归谁。"

手书左边的棋谱，正是《六子残局》。

张镇西虽然是粗通文墨，但书法确是童子功。尽管其已久疏于书道，但眼力犹在。仔细辨认后，他确认墨迹出自慧风方丈之手。

张镇西还是继续要赖："是方丈的真迹吗？"

"当然！"

"难说！李亦道要是模仿一幅字，还不是手到字来。"

"张镖主你这不是把我也带了进去！你的意思，不就是说我和李镖主合谋！"

"小和尚，你再逼我，休怪我无礼！"张镇西恼羞成怒了。

"张镖主，如果不是看在佛的分上，如果不是看在方丈的分上……阿弥陀佛！"

"佛——与我有什么关系？"张镇西不解。

"关系大着呢！"一字一字的，小沙弥是掷地有声。

小沙弥尽管年幼，但由于耳濡目染方丈的做派，知道这般僵持下去，绝非上策。想到这里，他决定出其不意地智取，和张镇西做一个了断。"张镖主，我俩对弈一局，如果你能胜我，《踏雪寻梅》谱便归你。"

张镇西听了后，转怒为喜。平素，张镇西只是偶见小沙弥玩棋。他想他和小沙弥对弈的结果只有一个。

十月的残阳里，吹过一阵西风，庭前的黄花，纷纷被吹落。此景此情，使小沙弥心生惆怅："方丈啊……"

"能快一点吗？"张镇西的一阵催促，把小沙弥的思绪拉回。庭阶上小鸟的叽喳声，又让小沙弥回到当下。

小沙弥点亮了油灯，取出了慧风方丈的红木棋盘。

小沙弥和张镇西智斗时，李亦道正在老槐树下埋那棋谱。如果不是这个巧合，《踏雪寻梅》谱可能被张镇西不费吹灰之力取走。

当张镇西看到小沙弥紧一步慢一步走进李府时，他已经料到小沙弥此行一定和棋谱有关。

小沙弥进李府后，张镇西一攀身就上了树。如此，李府的大院，就被他尽收眼底。

再说，李亦道于老槐树下安顿好花瓶之时，正是这边的小沙弥起手走了一步卒九进一之时。

看着小沙弥的九路卒，张镇西愣了半天。

这着卒九进一的开局法，叫"九尾龟"。慧风方丈没有教过张镇西和李亦道，张镇西当然从来也没有看到过。

"九尾龟"的开局法，给棋手的第一印象，却是一种示弱的暗示。

看着小沙弥的九路卒，张镇西一时不知所措。须臾，但见他抓了抓头皮，摸了摸下巴，思来想去，张镇西果断地还了一个中炮："管你什么九路卒，难道我还怕你这个小秃驴？"

你来我往，几十个回合后，小沙弥的黑棋占据了优势。

看到张镇西一筹莫展的抱头苦思状，小沙弥心里暗笑。

张镇西实在也没想到，小沙弥的棋艺是如此之高。

张镇西想想又不太可能，他想一定是自己产生了错觉，小沙弥的棋没有理由高于他。因为，平素，从没看到小沙弥下棋。想到这里，张镇西非但没有收手，反而一味强攻。

顷刻间，盘面上是"惊涛拍岸，卷起千堆雪"。一时间，冷着横飞，假象纷呈，机关密布。

一局棋的胜利，有时不是自己赢来，而是由对方的失误送来，这就是"一着不慎，满盘皆输"的道理。

看到张镇西的一味强攻，小沙弥继续示弱，但悄悄布了个圈套。等到张镇西有所觉察时，他红棋的九宫外已是黑云压城，风声鹤唳。

情不自禁地，小沙弥夹起一只棋子，轻弹于桌上。

"小和尚，你干扰我？"

小沙弥毕竟只是一个小和尚。张镇西在炼狱里，而他却在闲适里。闲适就闲适罢了，他还要调侃处在炼狱里的张镇西："张镖主你知道吗？有诗云'黄梅时节家家雨，青草池塘处处蛙'，你听这蛙鸣，你听这雨声，我们现在不正是在诗里闲敲棋子吗？方丈说棋下到一定的境界，便会想到世间一切皆空。"

张镇西哪里听得进这情啊义啊，他已经被激怒了。张镇西想方丈不公平，你背着我偷偷教小和尚，然后让小和尚来戏弄我……

想到这里，张镇西把棋盘一掀，大吼一声："小秃驴，我今天要你的命！"

面对张镇西的翻盘，小沙弥没有丝毫的惧怕。他指着打翻在地的棋盘说："张镖主，请息怒！"

面对自己的腾腾杀气，小沙弥没有一丁点儿的惧怕，这让张镇西感到有点意外。顺着小沙弥的手指看去，张镇西更是大吃一惊。但见棋盘背面贴了一张白纸，这棋盘，张镇西是再熟悉不过了，他从来没有看到棋盘背面贴有白纸。走进细看，白纸上写有六个字：张镇西有反骨。这六个字，是小沙弥闲来无事的产物。没想到，今天却成了对付张镇西的一个道具。

"气死我了！今天，我就反给你看看。"张镇西拔出了青锋宝剑。

小沙弥顺手从棋盘上拿了几枚棋子，退了两步后正色警告张镇西："张镖主，这禅房里容不得刀光剑影，我劝你收好你的宝剑。"

"你到底还有怕我的时候。你偷偷跟方丈学棋难道就是为了戏弄我吗？"

张镇西回头看了看墙上方丈带有禅意的书法，面露凶相："方丈，休怪弟子我无义，是你无情在先！"

张镇西那把削铁如泥的宝剑直接对着小沙弥的胸口刺来。

小沙弥又后退了几步，一直退到了墙角。

看到小沙弥夹住棋子的右手，张镇西一时不敢上前。习武多年的张镇西知道，在武林高手的手里，棋子是弹无虚发的飞镖。

愣了一愣后，张镇西暗自思忖：这小和尚不可能有这么深的功夫。

张镇西还是逼了过去。

"你欺人太甚！"小沙弥手上的那枚棋子，飞向张镇西的手腕。

只听得"哎哟"一声，张镇西的青锋剑瞬间脱手。

张镇西痛得面如土色，他不知道是进好还是退好。

张镇西还是逼了过去，抬腿踢向小沙弥。

小沙弥左手轻轻一挡，一脚踢向张镇西的腿。张镇西又大叫了一声。

趁此机会，小沙弥移形换步至棋盘处，又拿了两枚棋子。

张镇西还是心有不甘。

待了片刻之后，张镇西强忍伤痛，一弯腰，又拾起了青锋剑。

"张镖主，你好自为之！"

小沙弥一扬手，"咣当"一声，张镇西的青锋剑脱手。

这青锋剑还没落地，已被小沙弥上前用脚挑起，他手一伸，接住宝剑。

"如果不是看在佛的面上，如果不是看在方丈的面上……"

"佛与我有何干系？"

"佛和你有关系！当年，你先祖张二小冒着九死一生的风险，护送佛像去雪域。看在你先祖的面上，我再让你一回。"

小沙弥不知道，这张镇西其实不是张二小的后代。

看到张镇西的痛苦状，小沙弥自责。啊，我为什么不能轻一点呢？为什么不能动之以情，晓之以理？我为什么不能学学慧风方丈呢？

正因为这三个为什么，又因为见张镇西的腿伤得不轻，小沙弥牵来了马车，把张镇西送往居住在雪野村的林郎中的家中。

小沙弥万万没有想到，他这一送，又引来了一个非常糟糕的后果。

十四 | 大画家隐于雪野
郑嘉卉深得家传

林郎中是慧风方丈的朋友。

这张镇西是粗通文墨，想当年，他曾经舞过文也曾经弄过墨。十来岁时，张镇西的师傅，也就是他后来的岳丈王在，把他送到应天画院，师从一位画家学艺。张镇西记得，画家姓郑名墨。

江之断是应天总督，喜欢舞文弄墨、附庸风雅。有事无事，江之断便现身画院。

一次，江之断又到画院，他命随从拿出几幅长轴，请教画师："诸位高手，本官近日信手涂鸦，涂了几株梅花，还望各位高手多多指教。"

面对江之断的涂鸦之作，画师们尽管不屑，但还是口是心非地附和："总督真乃一方名士，如此佳作，决不在众位画师之下。"

江之断听后，好不快活。但快活之余，他并没有满足。因为，他没有听到画院圣手郑墨的称道。

郑墨所画的梅花常有神来之笔，因为，他把诗句画上了梅花。

郑墨不但是画梅高手，又是妙手回春的郎中，已家传九代的正骨术使他成为人间圣手。久而久之，人们难分清这"妙手回春"到底是誉其画，还是美其医。

江之断看着郑墨，等候他的美誉。郑墨对江之断的画从来都是不屑，对其人品更是不齿："郑某实在眼拙，看不出这几幅画的名堂。"

江之断以为郑墨要奉承他，摸了摸胡须，微微一笑："郑先生直说无妨。"

"恕在下直言，江大人的梅花本人实在是不敢恭维。在我的眼里，拙作梅花便是涂鸦之作。我想，大人的水平当不会在我之上吧！"

闻听此言，江之断的脸色发青："请郑先生赐教！"他手一扬，便有随从端上了文房四宝。

郑墨的一位画友秀朗，才华横溢，其妻貌如天仙，本来是夫唱妇随，后因江之断强夺其妻，从此秀朗一蹶不振。

郑墨看了看江之断，摇了摇头："大人知道，郑某乃一平头百姓，怎敢无端在父母官面前泼墨。至于赐墨宝，在下也不愿打破自己订下的规矩，涂鸦之作赠名士、赠文人，就是不敢赠官人。"

江之断听后，紧紧地盯着郑墨的双手。

从此，江之断的眼里，便有了一层杀气。

从此，郑墨挥毫时总是心猿意马，江之断眼里的杀气，时常浮现。他笔下的梅花，也因心不在焉，润梅常变为秃梅。

郑墨为自己的一时冲动后悔。他知道江之断心狠手辣。

二十年前的一个黄昏，暮色苍茫中，郑墨弃家出走，改姓为林，隐于雪野。

一次，小沙弥习武时手不慎骨折，慧风方丈带小沙弥去雪野村林郎中家。当时的慧风方丈再三叮嘱："除了你自己，不要带任何人去林郎中家。"

小沙弥知道这里面有隐情。

当时小沙弥去林郎中处换药，都是一骑独往。

这一次，小沙弥推车至路半，心里是七上八下：去还是不去呢？不去的话，张镇西的伤怎么办呢？附近的郎中是有几位，但治骨折的鲜有。这张镇西的骨折，是他所为，万一落了个残废，会让他终身遗憾。想到这里，小沙弥自言自语："方丈啊，这一回，就不听你的了。"

雪野村，林家。

吱呀一声，一位仙风道骨的长者推门而出。

张镇西看到仙风道骨的长者，觉得似曾相识。

看到小沙弥带人前来，林郎中显不悦之色。他站在门前，一时愣住。

愣在那里的林郎中进也不是，退也不成，想到小沙弥是慧风方丈的弟子，推来的又是病人，林郎中还是把两人迎了进去。

为张镇西做了检查后，林郎中是满腹狐疑："这伤口，是怎么伤的？"

张镇西对林郎中的话是充耳不闻。他还在想这郎中怎么会这么面熟呢？

小沙弥支支吾吾，一时间，他不知道如何作答。如果和盘托出，林郎中势必怪罪他，贸然领一生人前来。这小沙弥又不会说谎话，因此，他只能是默不作声。

林郎中为张镇西打了绑带，做了固定。

林郎中有一千金叫嘉卉。嘉卉平素迷恋金石纸砚，几近痴迷。嘉卉的写意梅花，深得家传。当时，嘉卉正在专心画画，林郎中唤她过来拜见客人。看到画画的嘉卉，张镇西已经知道了林郎中的真名。当时的张镇西没有贸然开口。因为繁华的应天和这偏隅的乡野落差，已经明示，此口不能随便开。

看着林郎中年方十六、面容姣好的千金，想到极喜丹青的儿子，张镇西计上心来。

十五

飞镖手柔指解分
舞剑人兵销戈倒

从林郎中处回来后，在家养病的张镇西只要一想到《踏雪寻梅》，便夜不能寐。

左思右想后，张镇西终于想出了一条妙计。

张镇西本来就行动不便，想出计策后，他更是闭户不出。张镇西先是研究起小沙弥的"九尾龟"布局。一个月后，他确认找到了破解"九尾龟"阵法的绝招。这个时候，他的腿伤也大有好转。

尽管张李两家相距不远，但张镇西还是让张小田牵来马车。

出门时，张镇西举头眺望：他没有忘记对面楼上红手巾下，那含情脉脉的双眸。

张小田直视前方，甚至不敢去瞄一瞄楼上的红手巾。

楼上，红手巾一侧的柳一湄，双眸似秋水盈盈。盈盈的秋水没过张镇西的头顶，没过秦淮河，漫无边际。

去了李府后，张镇西说明来意，恳请李亦道传挑战书与小沙弥。

李亦道想为什么请我传书？

张镇西已经从李亦道的脸上，看到了"为什么"这三个字。

张镇西声称李亦道为人公道，所以想请李亦道做一回中人。

张镇西在挑战书上说上次和小沙弥比棋，有不公平之处。因为那盘棋是小沙弥先走，应该是一来一去，让他张镇西再先走一盘。如小沙弥再胜，他张镇西则无话可说；如张镇西胜，则应该再加下一盘定胜负。

李亦道本不愿传书，但抵不住张镇西的死磨硬缠，又想自己本来也脱不了干系，再想想这件事也确实应该有个了结，便答应传书。

接到挑战书后，小沙弥觉得张镇西说的也蛮在理。想想凭张镇西的棋力，要在这短短的一个月中突飞猛进到与自己抗衡，也不可能。小沙弥毕竟还小，于是，决定和张镇西在棋盘上再比试一番。

赛场设在李亦道的听雨轩。是局，由张镇西先行，张镇西起手架了一个当头炮，小沙弥应了屏风马。后走的小沙弥从容不迫，以左马护中路，张镇西以为他要走屏风马。谁知到了第三个回合，小沙弥先声夺人突然变阵——一步进炮封车，转成后补列炮。小沙弥的这一步棋，旨在出其不意，攻其不备。一旁的李亦道愕然，局中人张镇西也是始料不及。

张镇西小心翼翼地应对，小沙弥则是入局无门。局面呈似和非和、欲赢不能的胶着状态。

见相持不下，小沙弥曾试探性地伸车骑河，做了一个试探性的攻击。小沙弥没想到，李亦道也没想到，素来棋风富于挑衅，喜欢刀光剑影的张镇西却不为所动。任凭小沙弥旌旗滚翻，张镇西是无意轻进。

这个时候，张镇西出了一步左横车。横车和直车尽管只是一步之差，但变化下去却是万里之遥。

小沙弥对先手出横车的布局没有研究，慧风方丈也没有教过他。一时间，小沙弥是应对无从。苦苦思索后，他勉强卸了中炮。待对方横车平六后，他应了一步飞相。这相一飞，中防尽管是巩固了，但两匹马却无法得到炮的保护。

这边小沙弥的相一飞，那边的张镇西就敏感地察觉到机会降临。

张镇西抓住小沙弥飞相后左右呼应不到位的弱点，不失时机地果断攻击小沙弥的左马，然后是炮打红车。

黑云压城。

小沙弥抱头，冥思苦想。

小沙弥祈求慧风方丈赐他灵感。

看到小沙弥双手抱头的窘态，这边的张镇西当然是得意至极。他知道，机会来了，这一个月来的苦心经营，终于有了回报。他的脸上，流露出的是得意之后的忘形。

时间过去了好久，小沙弥终于要动子了。小沙弥似乎还是停留在盲区，他举起右手，欲摸张镇西黑炮炮口里的红车。

小沙弥如果逃车，则是必败无疑。如弃车，及至第十八回合，便能一举拿下张镇西的老帅。

小沙弥的右手，马上就要落到了红车的身上了。这一落，《踏雪寻梅》就要归张镇西所有；这一落，慧风方丈的遗愿肯定难了。

小沙弥的手已经伸向了红车。

下象棋的规则是摸子动子，落棋无悔。

就在小沙弥右手的大拇指和中指准备去捏己方红车的那一瞬间，一旁观战的李亦道轻咳了一声。

李亦道的这一声咳嗽，是出于本能，并没有要去提醒小沙弥的意思。但是，因为当时听雨轩里太安静了，尽管李亦道咳嗽的声音很轻很轻，但这一声咳嗽如拍惊堂木，把小沙弥拍出了盲区。这一声轻咳，又似一声惊雷，把小沙弥从迷蒙中炸醒。

这个时候，小沙弥的大拇指和中指停在了空中。

小沙弥抬起头来，看了一眼李亦道后，慢慢收回了他的右手。

张镇西也看了一眼李亦道。然后，他对小沙弥说："小师父，你怎么不动车了？"

此时，只见小沙弥双目微眯，意守丹田，想到张镇西行棋的风险后，小沙弥十分镇静，他决定藏巧于拙，以屈为伸，以静制动，置自己被围的老将和张镇西黑炮炮口里的红车于不顾，发动右翼的车、马、炮联合作战。

周旋了几个时辰后，张镇西还是乱了步法。一旦小沙弥柔指解分，张镇西面临的是兵销戈倒。

张镇西感觉到了小沙弥在排兵布阵之中，那隐隐约约的金戈铁马之声，只是摸不透小沙弥那已然逼宫的剑光一闪，藏在何处。

但是，他已经知道了小沙弥深不可测的棋力。

张镇西沉思良久，感到大势已去，抬起头来，恶狠狠地瞪了李亦道一眼。

其实，这盘棋张镇西不一定必败，只要他应对得法，避开小沙弥的围魏救赵之举，还是有机会谋和。因为没能及时调整好心态，还在想着李亦道的那一声咳嗽，导致行棋质量大降，最后竟出现失误，被小沙弥白赚一个大子后，订城下之盟。

张镇西心有不甘，他把棋子一推，站起身来对李亦道说："你从中作梗，你们这是二打一。"说罢，也不和小沙弥打招呼，拂袖而去。

看着张镇西的背影，小沙弥说："李镖主，方丈七七四十九天的祭日后，我就回雪域了，《踏雪寻梅》就拜托你了。"

"拜托我？"李亦道从拜托两个字中，看到了九月九日的擂台烽火又起。

十六 | 李镖主手捏琴断
张无赖举腿缸破

　　一杯，接着一杯，在听雨轩独饮的李亦道是长吁短叹。思前顾后，李亦道有如履薄冰之感。

　　一边，是他钟爱的博古架。博古架旁，是慧风方丈的怀素体"慎独"两字。慧风方丈的手迹，是李亦道新近所挂。

　　李亦道叹从当年张氏镖局的开山之祖张二小，到今天的张镇西，与李氏镖局都是怨恨不断；叹慧风方丈一番心血付诸东流。

　　李亦道把酒长叹后，站起身来观慧风方丈的"慎独"。良久，李亦道推开排窗。在目送了秦淮河上远去的帆影后，李亦道摇了摇头，又长叹了一声。

　　下楼后，李亦道唤来了武教头李冲："从今天起，练武时间增加一个时辰，专练张家剑。"

　　武教头李冲想：这好端端的李家枪不练，怎么练起张家剑来？

　　这一件事，还要从慧风方丈讲起。

　　一天，慧风方丈和李亦道摆开楚河汉界，开始红黑论道。至中盘，李亦道的黑棋竟无一个子过河。

　　方丈见状摇头："真是棋如其人。"

　　一局终，方丈对小沙弥道："去把那张谱拿来。"

慧风方丈要小沙弥去拿的，不是象棋谱，而是剑谱。

方丈怎么会有剑谱？他又为何要把剑谱赠予李亦道？

作为佛门高僧，方丈智慧超群，眼光更是了得。方丈受人之托，教授张李两人弈棋的初衷，是想让两家走下擂台，化干戈为玉帛。方丈从张镇西行棋的思路和神态中，已感觉到张镇西的心怀不端。而李亦道的忠厚，也让方丈担忧。

这剑谱，是方丈恐张镇西日后生变，根据张家剑法，特地为李亦道所制。

得到剑谱后，李亦道只是随手翻了翻，然后塞进瓷罐。

这一件事，这瓷罐，李亦道早已抛之脑后。

李亦道浸淫在汉白元朱之中，遍临名碑名帖。

李亦道之所以有暇于金石纸砚，是因为李氏镖局在江湖上口碑颇佳，生意红红火火。作为掌门人，李亦道的思路清晰，调度有方，放手让二镖头掌镖。因此，他才能超然于"镖"外。

人生不得意事十之八九，近来的李亦道，无法超然。因为，他的爱妻王凌夕最近是忧心忡忡。

王凌夕自幼在广东红香楼里长大。红香楼的女子多出身于贫苦人家，幼时就被楼主买下。进了红香楼后，楼主请名师向少女传授琴棋书画歌舞。受琴棋书画的熏陶，红香楼少女成人后，出落得如花似玉，举手投足之间，洋溢着一种超凡脱俗之美。这种美，非一般烟花女子能有。红香楼少女们待守楼中，等候富家买主以重金纳其为婢妾。运气好的，不是为妾，而是为妻。红香楼少女是红香楼主人手中的摇钱树。

一次护镖时，李亦道被红香楼主人慕名请去教授红香楼少女剑道。李家虽以枪闻名遐迩，然李亦道的剑术，不在枪术之下。王凌夕低眉垂眼、玉指抚琴的楚楚动人之态，使李亦道生了怜香惜玉之情，于是便英雄爱起了美人。王凌夕看到李亦道一身正气，相貌堂堂，自然是有意于他。于是，王凌夕便跟随李亦道来到应天。这十年中，王凌夕尽享琴棋书画之乐。

近来，李亦道却发现王凌夕又低眉垂眼，玉指抚琴时是忧心忡忡。李亦道问其何故，那王凌夕只是愣愣地坐着，两眼茫茫然看着琴弦。在李亦道的一再追问下，王凌夕才开口。然一句"夫君……"后，便没了下文。

初雪飘临。

雪地上，张镇西骑一匹白色骏马，带着绸缎和银圆，又临雪野村。

"你这是……"

望着如此之多的礼品，林郎中不明就里。

"先生，我的脚已完全康复，今天是特来拜谢！"

先前，看到小沙弥带着张镇西上门，林郎中有些不快。后来，知道张镇西也是慧风方丈的弟子，林郎中也就释然。今天，看到张镇西披霜戴雪上门，林郎中自然是盛情款待。

围炉品茶。

突然张镇西跪地作拜："老师，您真的不认识我？"

林郎中脸色一沉："这——是——怎么回事？"

"郑老师，我就是当年跟你学画的那个张老四啊！"

林郎中闻之，脸色突变。

背井离乡尘封了二十年的陈年往事，就在这一瞬间，如窗户纸一般被人轻易捅破。这一破，让林郎中五味杂陈。

"郑老师，上次来我已认出了你，只是因小沙弥在场，我不敢贸然相认。郑老师，你不用担心，那江之断因得罪了朝廷，早已发配边城……"

郑墨的脸色，慢慢恢复常态。

"发配边城……"

144

郑墨仔细询问了张镇西关于江之断的情况。

"老师现在好吗？"

"尚可，身处乡野，更能看轻名利，只是……"郑墨说着，看了看女儿的房间。

听到"只是"这两个字，张镇西已经料到了下文。

"小女今年已是二八之年，可惜的是，乡野之处很难找到般配的人家。"

当年，郑墨隐居雪野村后，与农家姑娘芳芳结缘。不幸的是，芳芳得产后风逝去。以后，郑墨一直未娶。

郑墨的一声叹息，让张镇西大喜过望。

张镇西的儿子张侯梅今年十八岁了，也还没有婚配。张家镖局名声欠好，寻常人家不愿意把女儿许配给张家。

张侯梅幼时便喜涂鸦，稍大后，便走进水墨世界，用点、线和色彩，把感悟抒发于宣纸之上。

看到儿子手无缚鸡之力，想到每年九月九的比武，张镇西是愁肠满怀。一天，张镇西狠了狠心对儿子下了最后通牒："如果你不习武，家产就不传你。"

只是一开口，张镇西就开始后悔，他知道自己这一招是重拳砸棉花。

张侯梅看了看父亲，轻描淡写地回答："只要有笔墨，我就心满意足了。"说完后，他又旁若无人地在宣纸上恣意纵横。

王芃芃劝慰儿子："你父亲是一个粗人，不要把他的话放心上。"

王芃芃之于张镇西，是钉子一枚。

张镇西自知之明尚存：他张镇西名义上是镖主，实际上不过是上门女婿一个！

王芃芃并不可怕，可怕的，是他那四海为家的丈人王在。

王在编织了一张网，这张网，始终网着张镇西。

这张网，就是张家镖局的大小镖头们。

王芃芃已不能再生育，但因为王在无时不在，张镇西非但不敢纳妾，连拈花惹草时都是慎之又慎。

原来，这张镇西并非是张家的一脉骨血。张镇西自小失去双亲，后被族人收留。

一个雪花飘飘的冬夜，年方十五当时还是叫张老四的张镇西在桥头上已站了两个时辰。远远地，他看见了张家镖局的镖头王在和众家丁。等到王在一行人走近时，张镇西忽然倒地。

这张家镖局的镖头王在，虽然是一介武夫，但心地极其善良，尤其是见不得风雪之中独行的少年。

王在幼时家境贫寒，在一个严寒的冬季里，王在的双亲由于饥寒交迫、贫病交加同赴黄泉。在乡亲们的帮助下，王在薄葬了父母后，于一个雪花飘飘的早晨，一步三回头地告别了生他养他的故土，告别了在寒风怒号里炊烟已断的茅屋，千里独行在中原大地上。

一个偶然的机会，王在被张家镖局的镖主张甫林收为义子。

历尽沧桑后，那个千里独行的少年王在经张甫林教导，成了被众人前呼后拥的镖主。而高居张家镖主之位的王在，每每想起那个天寒地冻的严冬以及那个寒风怒号的早晨，便会以手掩面。

看到一少年扑地倒下，王在勒马唤停。得知倒地者是一个无家可归的少年后，便令手下带少年回镖局。

回镖局后，王在亲自把少年抱上热炕，然后喂其姜汤。缓过神来的少年在王在面前长跪不起。从此，张镇西便成了王在的弟子。

王在的女儿王芃芃比张镇西小三岁，由于从小习武，王芃芃武艺很是了得。

一开始，张镇西与之交手，数招之内必败。

对张镇西，王在是心存怜悯。那孩子，平时除了练武，就是和他收养的两条流浪狗在一起。两条纯黑的流浪狗，一条叫"汪汪"，一条叫"仁仁"。

日升日落，冬去春来。

一晃，六年过去了。小姑娘王芄芄已出落成十八岁的大姑娘。王芄芄武艺超群，貌比花美。

那天，王芄芄搂着王在叫了声爹爹后突然松手，然后是跪地不起。

王在见状，不知所措。

王芄芄："爹，你不饶恕我，我就不起。"

王在："女儿，你起来，你就是有天大的不是，爹也饶你。"

说罢，王在将女儿扶起。

"爹，孩儿有身孕了。"

"身孕？是谁干的好事……我要宰了他。"

"爹，你宰了他我也不活了！"

"他是张……"

"张镇西！"

"张镇西！"王在无奈地摇头。

王在知道女儿和张镇西关系亲密，但他实在没想到，两人竟已到了这一步。女儿和张镇西有儿女之情，这是王在所希望的。但是，事情到这一步，却是王在没有预料到的。

王在不可能宰了张镇西，又无法面对王芄芄怀孕的事实。当晚，王在叫来心腹，布置完了甲乙丙丁吴之后，王在关照："马上让王芄芄张镇西完婚。婚后，张镇西如对王芄芄不敬，镖头们可以处置。"

心腹和管家心生疑惑："要镖头处置，您呢？"

是夜，王在留下手书一封。

第二天，当家人发现手书时，王在已开始了他的又一次千里独行。

大小镖头们猜测，这一次，王在肯定是去了师傅张甫林处。因为，王在早就萌生去意。因为找不到合适的接班人，所以一直在等待。

王在的出走，对二十一岁的张镇西来说，意味着双喜临门——结婚又成为镖主。

但张镇西绝非等闲之辈，双喜临门后，张镇西并没有不可一世，而是继续谨小慎微。

张镇西对王芃芃是言听计从，王芃芃对他也百依百顺。

尽管王芃芃对他是百依百顺，但张镇西还是小心翼翼做人——因为，他缺乏安全感。除了大小镖头的制约，张镇西害怕独行于外的丈人王在，害怕没完没了的张李两家的九月九日。

为了使镖主的地位名至实归，每年的九月九日，张镇西都是持剑而上。

月色溶溶，渔火淡淡，河风冷冷。

王凌夕推开临河的排窗，这一推，便推出了古都山水的魅力。

听着远处画舫上隐约而来的古琴曲《广陵散》，王凌夕心潮难平。这十几年，王凌夕与李亦道是夫唱妇随，如漆似胶。让王凌夕最担惊受怕的，便是那九月九日的生死比武。她知道李亦道的武艺胜张镇西一筹，可是她又担心万一。每次比赛前，她都是夜难成眠。为了让李亦道专心比武，她没有在丈夫面前露出一丁点儿的担忧。

让王凌夕胆战心惊的九月九日的生死比武，因为慧风方丈的到来而成为过往。为此，王凌夕快活了好几年。而慧风方丈圆寂，《踏雪寻梅》谱到来，她又开始夜难成眠。

李亦道告诉王凌夕，凭张镇西的棋力，拆解棋谱是力不从心。即使张镇西能破解，能找到那一笔价值连城的字画，也是好事。至少，张李两家不会再动干戈。

王凌夕已经和李亦道谈妥，在慧风方丈周年祭日后，把棋谱转赠张镇西——棋谱在张镇西的手中，两家就可以再化干戈为玉帛。

张镇西当然不知道李亦道欲化干戈为玉帛的目的。图谱心切的张镇西贪功骗谱没有得手，与小沙弥过招又失败。于是，他又出怪招——写恐吓信。

王凌夕并不惧张镇西，欲转赠棋谱之举，只是为了求太平，过安稳的日子。但张镇西的恐吓信，却勾起王凌夕的万般疑问："我到底是何方人氏？双亲大人啊，你们又在何处？"

一个个问号问过去，还是一个个问号回过来，无奈的王凌夕，只能把问号交给古琴。

听到《胡笳十八拍》的琴声，于庭院练功的李亦道叫了声："不好！"

自九月九日的擂台赛停止后，李亦道经常听到的，是王凌夕弹奏的《流水》。

第一次听王凌夕弹《流水》时，李亦道告诉收弦的王凌夕，他感受到了层峦叠嶂、幽涧滴泉、清清冷冷的奇境。

王凌夕激动地站起，上前握住丈夫的双手："这首古曲的曲名就是叫《流水》。"

"《流水》？《流水》不是已失传多年了吗？"李亦道惊讶地问。

"怎么可能失传？红香楼里的姐妹都会弹。"

看到丈夫走了进来，王凌夕停止了她的胡笳最后一拍，然后以袖止泪。谁知，那不争气的泪水非但没有停止，反而越聚越多。

在李亦道的再三询问下，泪流满面的王凌夕道出了事情的来龙去脉。王凌夕拿来了信笺一方。

还没有接过手，李亦道已经感到了沉重："王凌夕你的底细我了若指掌，要保全名声赶快交出《踏雪寻梅》。"

李亦道读罢，怒从心起："张镇西你好狠毒！你要《踏雪寻梅》谱，给你就是了；你不该拿我妻子的名声来要挟。"想到这里，李亦道的捏琴之手一发力，古琴顿时发出了断裂之声。

古琴的断裂声，似一柄利箭，直插王凌夕的心窝。王凌夕手一指，叫了一声"古琴"，然后倒了下去。

李亦道也叫了一声："不好！"

千不该万不该，李亦道不该把这古琴捏坏。这架古琴，是当年王凌夕从红香楼带来，是王凌夕朝夕相处的伙伴。

王凌夕听师姐说，那架古琴，也曾是王凌夕母亲的珍爱之物，已家传三代。

听了师姐的一番话后，王凌夕对那架古琴是愈发珍爱。古琴上，干净到没有一粒灰尘。

面对欲损其妻名声的张镇西，一向对人礼让三分的李亦道，最终是拍琴而起。

从此，李亦道弃楚河汉界于一隅，收起金石纸砚，每天在东方欲晓之时，便带领家丁练起了张家剑。

这边的张镇西将黑信投给王凌夕后，便静待"猎物"上钩。

一天过去了，李府无人前来。

三天过去了，李府仍然是动静全无。

十天过去了，李府还是古井无波。

这一回，李府无波，张镇西却起波了。

张镇西又投书一封给李亦道，声称李亦道娶妓为妻，坏了一方风水，且又占古谱为己有，占了世人的便宜，他张镇西要代众人讨个公道。

这一回，张镇西署了真名。

李亦道看了张镇西的"挑战信"后冷冷一笑，给张镇西回了一封"应战书"："张镇西，我堂堂七尺男儿敢做敢当！我夫人王凌夕确是红香楼中人，但她是才女，不是妓女。古谱是慧风方丈所赠之物，与你毫不相干。等你！等你放马过来！"

李亦道的"应战书"如一把匕首，直刺张镇西的心脏。他没想到李亦道会应战。张镇西面对"应战书"大叫一声："我要让你家破人亡！"

话音未落，张镇西便给了那口百年老缸狠命的一脚：只听得"哗啦"一声，那缸水泻在地上，毫无章法地流将开来。

张镇西真想带几个心腹杀过去，把李氏镖局杀个片甲不留，然后夺谱而归。

但张镇西有杀人之心但没有杀人之胆，他知道自己不是李亦道的对手。

擂台之下，张家镖局的生意与李家镖局相比，是差强人意。正因为此，张镇西对《踏雪寻梅》一直是心驰神往。他知道，只要此谱到手，所有的一切都将归他所有。那时，他会花八百石粮买个七品官。到了那个时候，他就会骑高头大马，居衙门之上；到了那个时候，他就可以坐拥万金，怀拥佳丽。

擂台上，张镇西不是李亦道的对手。记得有一年的擂台比武，打斗中李亦道的长枪不慎落地。张镇西心中暗喜："真是天助我也！总算可以除去他了。"

张镇西一个跨步，手持宝剑向李亦道当胸刺去。张镇西想李亦道不可能躲过这一剑。岂料，李亦道把不可能变成了可能：李亦道原地不动，待剑锋将至时，他突然出招，来了一个"闺窗半开"——李亦道侧身让过剑锋，张镇西是一剑刺空。一剑刺空后，张镇西急忙回手抽剑。这个时候，李亦道手指一伸，硬是夹住张镇西的宝剑。无论张镇西是如何使劲，都没能使那把宝剑移动分毫。

然后，李亦道又稍稍用力一拉，说了声："过来！"

张镇西竟奈何不得，身体向前趔趄了两三步，还没有等他站稳，李亦道已经用右手食指在剑上轻轻一击，那宝剑便在张镇西手中剧烈颤动，震得他手掌麻木。李亦道又喝叫了一声："松手！"张镇西只能放手松剑。

张镇西刚一松手，李亦道又捏住剑尖，利用宝剑的弹性，以剑柄在张镇西的脑袋上捣了一下，说了声："倒下！"

张镇西在原地转了几圈后，晃悠悠地倒了下去。

李亦道接过宝剑后，在手里轻轻地掂了一掂，然后，抖动了两下宝剑，暗暗运功于手。只见那宝剑在空中弯成一个半圆，一声刺耳的金属断裂声后，宝剑一截在左，一截在右。

十七 | 青衣女长跪不起
小妖女献上歪计

黄昏，斜阳淡淡地透过树梢形成一地斑驳的树影，衬着那一片红墙绿瓦，煞是好看。

张镇西倒背双手，在庭院里来来回回地踱步。投书两封都没有效果，下一步他不知道如何去收拾这个局面。

桂华流瓦。月光下的张镇西挑起庭院里的一块木板，以板代剑，对月狂舞。空灵的明月时隐时现。看着那轮明月，张镇西胡乱吟了几句：

> 庭前明月光，
> 疑是地上霜，
> 举头望明月，
> 低头思谱忙。

"镖主，既思古谱，何不夺之？"

张镇西头也没抬，就知道来者是柳一湄。

看看四下无人，张镇西放下了木板，一招手："你过来。"

见媚态十足的柳一湄神闲气定，张镇西知道柳一湄已然是成竹在胸："有什么好主意？说来。"

柳一湄和盘托出歪计，说完后又补了一句："事成之后，你可要纳我为妾哦。"

"你这小妖女，我现在就纳你为妾。"

张镇西还没拉扯，柳一湄已和他进了柴房。

张镇西原以为垂涎《踏雪寻梅》是个秘密。没想到，这个小妖女，还是看穿了他的心思。

"你刚才说什么？"他问柳一湄。

"我说你的谱，你的《踏雪寻梅》谱。"

柳一湄把香唇送了上去。

几年前的一个秋季，张镇西护镖去了广州。

护完镖后，张镇西让镖手们先回应天，他自己则带了张小田留下，说是为王芃芃购置细软。

为王芃芃购置细软，只是一个借口。

那日，夕阳还没有最后隐去，走出客栈的张镇西迫不及待地独自前往红香楼。

想到自己那已徐娘半老的婆娘，张镇西是长吁短叹。

面对有着娇美的面容、曼妙的舞姿的花季少女，张镇西真想长驻不还。

长驻已难！即便他舍得下婆娘，舍得下金钱，但是，却难舍其子。

看到张镇西的贪婪之相，红香楼管事挪了过来："官人看中了哪一位？"

"什么价？"

"五百两！"

"这不是天价吗？"

"不是天价！这里的女子都精通棋琴书画……"

听到这里，张镇西确认，这些待价而沽的少女，是欲为人妾。

张镇西对红香楼管事说让我回去思量思量。红香楼管事说这是大事，是不能着急。

夜色入户，回到客栈后，躺在床上的张镇西无法入眠：李亦道和王凌夕又入眼帘。与李亦道相比，张镇西感到自己亏得太大：整天守着那人老珠黄且又欠温柔的婆娘。

难以入眠的张镇西起床，推门而出后来到了客栈的大院中。

望着那一轮时隐时现的明月，张镇西想如果不带回一个红香楼才女，就是白来这世上一遭。

怎么个带法呢？

秦淮河上的歌妓，曾一次次地让张镇西流连忘返。张镇西怕走漏风声，不敢在秦淮河上随便造次。再说，那些色艺超群的歌妓，只能远观不能狎玩。

张镇西复又离开客栈，一路疾行，直奔灯红酒绿。

张镇西不知道，离开客栈时，有一个影子尾随着他。

夜，万籁俱寂。青楼里，弥漫的是从灯笼里折射而出的淡淡黄光；一阵流动的暗香随风而来。

青楼让张镇西流连忘返。

这一家怡春院的规矩是你想进入某位姑娘的房间，必须先做诗或词一首，写到旗楼的影壁墙上，然后有跑堂抄下来，拿进去交给姑娘。

这规矩张镇西早就知道，张镇西把精心准备好的一首《清平乐》写到影壁墙上。然后，又拿出几块碎银给了跑堂。跑堂拿了碎银，自然是有意逢迎：跑堂马上抄了张镇西的《清平乐》，抄好后，又讨好地让张镇西确认，随后，送了进去。

跑堂进去后，张镇西是热血沸腾，坐等美事玉成。

跑堂很快就出来。遗憾的是，姑娘看不上他的词，直接拒绝他入内。

姑娘在他的《清平乐》上做了点评，认为他的词韵调欠工整，立意浅白，并无新意。

张镇西看了小姐的点评后，方知才女的传闻不假。

张镇西只能坐在楼里听琴。许久，他才依依不舍地走出怡春院。

张镇西忽然就嫉火烧心：李亦道，你凭什么带回红香楼才女？你那红香楼才女到底是真是假？

离开怡春院后，张镇西是随意一瞥，看到几十米外，是一条大红灯笼高高挂的长街。大红灯笼让张镇西欲火难耐。一转身，他走进红尘，来到了一家挂着红栀子灯笼的大门里。

张镇西流连怡春院

月光时现时隐，乍明乍暗。

青石板铺就的小街上，悄无足音，只有客栈大门两侧的号灯，闪烁着孤零零的微光。

张镇西返回客栈时，已是凌晨。

进了客栈后，张镇西径直去了马厩。虽然他知道，客栈会帮助喂马，但还是放心不下，他怕客栈吝啬，委屈他的坐骑。

张镇西、张小田虽然检查了坐骑，但却忘记了张家镖局镖师的住店三要：

看有无异相——住店先巡视一遍，看是否与贼人同住一店；

看有无异风——店外要巡视一遍，看是否被贼人跟踪；

看有无异味——厨房要检查一遍，看是否被贼人投毒。

尾随张镇西的那个影子，冲着张镇西的背影嘿嘿一笑后，隐退到一间还亮着灯的客房。

第二天早上，张镇西和张小田从马厩里牵出坐骑，走向昨晚那一条大红灯笼高高挂的长街。小街还没有醒来，大红灯笼还在，只是人影全无。张镇西依依不舍地牵着坐骑穿过这几百米的红尘后，飞马出城。

几个时辰后，张镇西和张小田准备用餐。两人前顾后盼，不见人影。

"这个鬼地方！"张镇西骂了一句。

"镖主，你看！"张小田指着左前方。

顺着张小田的手势望去，张镇西见左前方不远处，有一个青衣女子几步一回头地向他们奔来。

那女子奔到张镇西面前时，打了个趔趄后，差一点儿摔倒。摇摇晃晃的女子向张镇西和张小田两位求救："两位壮士，救我一命！"

张镇西看那女子不过十八九岁，狐狸脸、水蛇腰、柳叶眉，双眸千娇百媚，但模样却是凄凄惨惨招人怜。

张镇西一看，就知道这姑娘有故事。

原本想赶快找一个地方充饥的张镇西，看着眼前这一位风情万种的姑娘，忘记了饥饿："姑娘有话慢说！"

"壮士你好，我本是红香楼弱女子一个。前两天，被当地的老状元鲁全茂高价买去。鲁状元原本说好去他家做儿媳，谁知道他骗了我，他是让我去做他的小妾。好不容易，我才逃了出来。"说着，气喘吁吁的青衣女就要倒下。

此时的张镇西已经下马，他一个箭步上前，顺势抱住了青衣女。

一股少女特有的清香，从青衣女雪白的脖颈处溢出。张镇西贪婪地嗅着青衣女的体香，一时间竟不能自持。

张镇西怎么也没想到，自己白天想晚上想的红香楼才女，就站在自己的面前。

张镇西小心翼翼地扶女子坐于石凳，然后拿出了水壶。

青衣女喝过水，喘过气来。张镇西细看，但见青衣女的皮肤白里透红似胭脂。

青衣女学着张小田的称呼："镖主，能带我一程吗？"

张镇西见花容月貌的女子如此温顺，发了狠心，无论如何，也要把这清香女子带回应天。

尽管是两匹马载三个人，张镇西还是准备赶路。

一旁的张小田指着左前方："镖主快看！"

左前方，有两匹快马奔来。

转瞬之间，两骑已临。

一骑手冲着青衣女喊道："小妖女，快跟我们走！"

听到这里，张镇西确认，青衣女没说谎。张镇西上前一步双手作揖，道："两位壮士，有话好说！"

"这女子是鲁状元花重金买来的，我们要把她带走！"

159

"鲁状元欺骗了她！"

"骗不骗与我们无关，反正我们要把她带走！"

说着，两位骑手下马直扑青衣女。

张镇西说了声"慢着"，使出了一招"双手推出门前月"，只见那两人踉踉跄跄地后退了四五步。

"敢朝前再走一步，就叫你们爬着回去！"

两位骑手知道遇上了高手，对视了一下，翻身上马。

张镇西想证实一下红香楼管事的索价："慢走！鲁状元花了多少银子？"

"五百两！"

张镇西回头望了望面如土色的青衣女。

青衣女点了点头。

"小田，拿一百两银票给他们。"这一回张镇西是豁出去了。

从来没看到过张镇西如此痛下血本。张小田怔了一怔后，慢慢地从身上取出一百两银票，交给了两位骑手。

两位骑手迟疑不前，张镇西脸一横："嫌少吗？"

一骑手上前收了银票。

张镇西："这件事，了了啊？"

由于人在江湖，张镇西怕对方来找麻烦。

"了了！"两位骑手扬了扬手，远去。

冲着两位骑手的背影，张镇西大声喝道："回去告诉鲁状元，我是她哥哥，我把她带回去了！"

两位骑手对视后嘿嘿一笑，头也不回，扬长而去。

哪来的鲁状元，哪来的红香楼才女。

青衣女是一位始入红尘的妓女。两位骑手，则是如归客栈的伙计。一不留神，张镇西已入圈套。

"扑通"一声，青衣女在张镇西面前长跪不起："这大恩大德……"

还没等女子把话说完，张镇西一步上前，把女子扶了起来。

青衣女叫柳一湄，年方十六。

"送你到什么地方去呢？"张镇西看着柳一湄，一时也找不到好办法。

"镖主……我……无家可归！您为我付了银子，我会干活，我就到您家去干活。"

张镇西不可能放走柳一湄，他是在欲擒故纵。

"会骑马吗？"张镇西把缰绳递给柳一湄。

柳一湄看着缰绳，僵在那里，然后，摇着头说："不会骑。"

张镇西问张小田："怎么办呢？"

还没等张小田回答，柳一湄迎了上去："镖主，您慢慢骑，我坐您身后。"

柳一湄娇滴滴的眼神，让张镇西魂不守舍。

张镇西在马上一伸手，下面的张小田一托，两人一使劲，柳一湄便上了坐骑。

柳一湄紧抱着张镇西。张镇西拉了拉缰绳，吆喝了一声，那马便开始前行。

坐骑已熟知主人脾性，见主人坐稳，便高高地扬蹄。

柳一湄那傲人的身材随坐骑行走而起伏，前面的张镇西是又酥又麻。

下午，三人来到一小镇，然后，寻客栈用餐。

邻桌几位在划拳喝酒。忽然间，周围就静了下来。张镇西转头一看，见那几个酒客的眼光，黏上了柳一湄，令张镇西浑身不自在。

客栈一侧，有一相命摊。急急用餐后，张镇西带柳一湄到命摊相命。相命先生阅人无数，看了一行三人的相貌、年龄、打扮后，这三人之

161

间的关系，便已猜到了八九。

相命先生眯着眼睛看了柳一湄右手很长时间，然后，看着张镇西一言不发。张镇西见状，立马递上银圆。相命先生接过银圆，又看了看张小田。张小田不明白相命先生的意思。张镇西对着张小田头一歪，看着一侧，张小田立马起身。

看着张小田的背影，相命先生松开了柳一湄的右手："这女人是帮夫命，能生娃，多则一圆桌，少则一方桌。"

张镇西听后，大喜！此时，一个念头转瞬即逝：哪一天，让柳一湄取代黄脸婆。

离开相命摊后，想到那几位酒客色眯眯的眼神，张镇西对张小田说："三个人，两匹马，太显眼。现在开始，我们白天睡觉，晚上赶路。"

饱餐后，三人分头回房睡觉。躺下不久，张小田便入梦乡。

张镇西出门向右一拐，来到了柳一湄的门前。张镇西站在那里，回味马上起伏的滋味。

"笃！笃！笃！"张镇西轻叩房门。

"是镖主啊！"吱呀一声，门开了。

穿着睡衣的柳一湄妩媚至极，浑身上下洋溢着青春的诱人活力。

张镇西贪婪地盯着柳一湄，柳一湄红了脸。转身去拿了一件外衣披上。柳一湄楚楚动人的姿容，让张镇西欲火难忍。还没等柳一湄披上外衣，张镇西随手关上门，跨前一步抱住柳一湄狂吻。

柳一湄本想拒绝，身体却收不住，又想到对方也算是自己的恩人，便听之任之。

张镇西感受到了柳一湄的顺从，一把抱柳一湄上了床。

上床后的柳一湄，忽然清醒。她想，在这里和张镇西完事，对方会知道这一百银换来的是个水货。如是，在这荒僻之地，自己就是不死，也会被他整得半死不活。想到这里，柳一湄急中生智："镖主，你先听我说一句话。"

张镇西极不情愿地松了手，猴急地问："什么话，快说！"

柳一湄翻身下床，理了理凌乱的头发，一字一句地说道："镖主，你是我的救命恩人，早晚，我都是你的人。我今天身上不干净，如果你一定要，我一个薄命女子，除了顺从，无他路可走。但是，事过之后，我便跳河。"

一番话，说得张镇西成了木鸡。他万万没想到，方才还是那么顺从的柳一湄，瞬息判若两人。

静下来想一想后，张镇西觉得柳一湄的话也句句在理。

看到张镇西的窘相，柳一湄扭进张镇西的怀里："镖主，你一定要，就拿去！"

张镇西又重新将柳一湄抱上了床，抚摸柳一湄的小脸，亲了几下后，把柳一湄抱进怀里。受到张镇西爱抚的柳一湄，紧紧地依偎在男人怀中，不能自禁——柳一湄渴盼张镇西为她宽衣解带……张镇西从柳一湄的眼神中看到了对方强烈的渴望，他猛地一下把柳一湄摁在床上，随即剥下了柳一湄的外衣。

张镇西压了上去。

那一瞬间，柳一湄惊恐万状："完了！"

柳一湄此时已彻底清醒："镖主——你准备好明天收尸！"

张镇西被镇住了。

片刻，张镇西抽出右手，在柳一湄清秀饱满的鼻翼上轻轻地刮了几下："听你一回！"

张镇西欲起，又被柳一湄抱住。滴滴答答的泪珠落在了张镇西的肩上："镖主，谢谢你保全了我的身子。"

张镇西用衣袖为柳一湄擦去眼泪。

月色入户，躺在床上的张镇西却难以入眠："怎么把柳一湄带回去呢？"

每天清晨与黄昏，王芃芃都要凭栏远视，或者，面对黄色的菊花、蓝色的野蔷薇发愣。有时，她干脆走到门外，摸一摸锃亮的铜拉手："父亲，你何时才回？张镇西，你可不要在外拈花惹草……"

这天早上，王芃芃又想去摸一摸铜拉手。

拉开大门后，见一位破衣破裤的姑娘晕倒在门外。王芃芃回头叫了一声："张大叔，快来！有人晕倒了！"

看门人张大叔把姑娘抱进大院。

只是片刻，女子便醒来。

王芃芃得知姑娘来自广州红香楼，寻亲不着晕倒。

从姑娘那里，王芃芃问清了来龙去脉：姑娘叫柳一湄，父母早已双亡，姑娘逃难途中曾路遇一长者得知，应天城李家和张家镖局的主人都好客。于是，她便一路寻来。

柳一湄对那长者的介绍，让王芃芃想到了父亲。王芃芃想："这姑娘晕倒在张家而不是李家的大门外，又被我撞见，这不是天意吗？"

以后，柳一湄成了王芃芃的贴身侍女。

柳一湄能歌善舞，且又会弹琴，深得王芃芃的喜爱。

就在柳一湄晕倒在张家门前的第二天上午，张镇西与张小田也回到了镖局。

尽管镖手早已告知，但王芃芃还是明知故问张镇西因何故迟归？

张镇西告诉王芃芃在广州购置细软，所以迟归。

王芃芃道："平安归来就好！"

柳一湄的计策，也不见得有多高明，但是却很阴毒。本来，得知王凌夕是红香楼的才女时，柳一湄心中发怵。后来，她从李家的侍女

164

小倩那里，知道了王凌夕的为人后，怀念顿消。

此时的柳一湄，已不惧张镇西，最大的隐患已除。他俩首次尽欢时，是一个黑夜。那晚，张镇西借如厕之际，摸进了柳一湄的房间。张镇西没想到，柳一湄是那样地顺从。只是，在完事后，柳一湄怕窗外有耳，把张镇西赶了出去。第二天，正在洗衣晒被的柳一湄向张镇西诉苦："镖主，昨晚我的床上……"

那一次，张小田从柳一湄的二楼楼梯处转弯下来，是因为柳一湄的脚崴了，张小田只是扶柳一湄，和柳一湄不可能有什么关系。

但张镇西还是不想放过张小田。因为，张小田已经抱过他的女人。

一旁的柳一湄看着张镇西的快活样，从广州到应天这么多天来心里的七上八下，终于放下。

张镇西这里，柳一湄已不担忧，王凌夕那里，也没什么动静。柳一湄现在担忧的，是张小田和王芃芃。柳一湄怕张小田在王芃芃那里口风一松，她这里就要吃紧。因此，她对张小田是紧之又紧。

每一次，只要看到张小田朝王芃芃那里去，她都会心惊肉跳。自从那次红手巾事件发生后，她的担忧全消。

平素沉默寡言的张小田，对柳一湄是心存爱意。柳一湄知道，既然是心存爱意，就不会刻意在王芃芃那里坏她的好事。

十八 | 画圆周周而复始
忽然间戛然而止

张镇西与柳一湄在柴房里一阵颠鸾倒凤后，气喘吁吁的张镇西又一次问柳一湄："你真的有把握吗？"

柳一湄："我还能骗你吗？"

张镇西："那好，你明天就去。"

因为常去菜市买菜，柳一湄与李家的侍女小倩很熟。每次，当伙夫担菜踏着朝阳挑菜归家时，尾随于后的柳一湄和小倩总是边走边聊。因为年龄相仿，两人很投缘。

那年灾荒，农家歉收，小倩一家老小八口食不果腹。小倩的父亲狠了狠心，把她送进李府。李亦道平素一直周济着小倩家。过节，李亦道还差人送上礼品。小倩在李府干活也是知恩图报，对李公子更是关怀备至。

清晨，鲜花飘香，竹叶摇曳。

陶醉于鲜花绿叶中的小倩不知道，危险已至。

踏着晨露，小倩与柳一湄跟随在伙夫后边。

柳一湄愁眉苦脸地叹气："我们家主人，居心不良，几度图谋于我，我真想一走了之。"

"几度图谋？一走了之？出走后干什么呢？"小倩迷惑地问。

"是啊——干什么呢？"

伙夫见两个女孩聊兴正浓，先行而去。

小松林到了，小松林是分手之处。

言犹未尽的柳一湄求助于小倩："小倩，你要帮我把把关。"

"把关？把什么关？"

"张家镖局的一个后生相中了我，那后生，很英俊……"

谈到英俊的后生，小倩脸红了。

柳一湄："明天下午，你出来一下。"

分手时柳一湄对小倩强调："都说李家小公子很聪明，明天带来看看！"

第二天下午，小倩带着李公子介卿一起前往。

柳一湄非常喜欢李公子，抱过李公子亲了一下。片刻，柳一湄拍了拍公子的肩膀："听话，自己去玩一会儿。"

青青的草丛中，有无名的野花，还有尽情玩耍的李公子。

柳一湄暧昧地拉过小倩，神秘兮兮地说："那后生，一见面就把我拉进了柴房，然后，一口一口亲我……"

小倩听后，心怦怦跳，脸上一片潮红。这一分神，李公子离开了视线。

外出前，王凌夕再三叮嘱小倩照顾好孩子："你对柳姑娘说，我已经很久不弹《流水》了，有空请她过来弹一曲尽兴。"

此时，正在听柳一湄说后生的小倩，早已把王凌夕的交代置之脑后。

听了柳一湄与后生的柴房之事，小倩双颊潮红，低头不语。

片刻，缓过神来的小倩忽然想起了李公子。

小倩举目环视，李公子不见人影。小倩非常着急地喊："介卿……"

没有回应。

小倩和柳一湄分头寻遍了小松林，还是找不到介卿。

小倩瘫倒在地。

柳一湄拉起小倩："快去告诉主人！"

李家人马悉数出动，几乎翻遍了小松林的每一寸土地。

王凌夕知道后，昏了过去。

遇事沉稳的李亦道也是方寸大乱。

郎中唤醒了王凌夕。

李亦道上了听雨轩。望着慧风方丈怀素体的"慎独"，望着排窗外秦淮河上的帆影，长叹一声："方丈，张镇西实在太狠毒！小徒要出手了！"

片刻，李亦道下了楼："跟我走。"

群情激愤的一干人已拿起家伙，准备出门。

"镖主！"看门人老李头拿来了一张帖子。

李亦道把帖子拿在手上，一目十行。帖子是绑票者送来的，绑票者声称公子在他们手上，要李亦道接帖后立即将《踏雪寻梅》古棋谱送到秦淮河潇潇画舫上。

帖子的落款是替天行道者。

李亦道知道，这个所谓的"替天行道者"，无疑就是张镇西。

李亦道挥了挥帖子："大家先休息。"

待众人散去后，李亦道来到树下，取出棋谱。然后，带了两名镖头直奔画舫。

王凌夕一宿没睡。她期盼着介卿一定不要有事。

介卿八个月时，已能爬行。

李家大院的一侧，是一个磨坊。为防单调重复的转圈使老驴倍感乏力，推磨时的老驴，被蒙上了双眼。那头忠实的老驴，每天都在尽力地画那个周而复始的圆。老驴推磨时，石磨就会发出"呜呜"的声响。在李亦道的耳中，这"呜呜"的声响，是最美的声音。

收割时节，远近庄户人家的稻麦，都请李家帮忙碾磨。碾磨下来的麸皮，归李家所有。李家把麸皮与一些粗粮混在一起，烧好后喂牛、喂马、喂驴。

那天下午，正在大院中来回走动沉思于棋艺的李亦道，忽然感到大院里寂静无声，没有了平时听惯了的呜呜声。起先，他以为是老驴一时偷懒，便对着磨房"呜呜"了几声。吆喝了几声后，磨房里还是没有动静。平素，如果老驴偶尔止步，只要吆喝几声，那"呜呜"的声音又会响起。

时值秋天，人到中年的李亦道有点乏力，他寻思老驴兴许是和他一样。

李亦道还是去了磨房。

进去之后，李亦道吓得魂飞魄散：老驴的前腿处，是刚刚八个月大的介卿。

大概是被"呜呜"的声音吸引，趁母亲困乏午睡之际，这孩子爬了几十米，一直爬到了磨房。

只要老驴再前行一步，这一脚下去，介卿不死也残。

李家人都说，介卿大难不死，必有后福。

介卿失踪后的这一天，李家大院里寂静无声，也没有了平时的"呜呜"声，因为这头极有灵性的老驴就是不肯转圈。

晚上，沉沉的大门上响起了轻微的叩击声。老李头侧耳细听，听到的是李公子稚嫩的声音："爷爷，开门……"

老李头迅速打开那扇沉沉的木门，然后，一把抱住公子。老泪纵横的老李头对着大院里大吼："公子回来啦，公子回来啦！"

他的话音刚落，"呜呜"的老驴推磨声又在大院中响起。

王凌夕冲了过来。

王凌夕紧紧抱着儿子——儿子完好无恙。问介卿去了何处，他说和几个姐姐在一条船上玩耍。

知道儿子已经回家，李亦道把《踏雪寻梅》交给了中间人。

张家是有一条游船，富丽堂皇，豪华气派。

此刻，张镇西的得意之色溢于言表。梦寐以求的无价之宝已摊开在桌上，那一个个红黑棋子在他的眼里，成了一块块金子。

一个时辰后，红光满面的张镇西脸色慢慢转为灰暗，原先高昂的头，也垂了下去。这个造型，持续了很久。

后来，中间人听到了他颓丧的声音："上当了！上当了！"

十九 | 雪野村突然出事
对弈壶不翼而飞

　　"笃笃笃……"

　　张镇西轻叩房门。

　　儿子正专心于泼墨，置叩门声于不顾。

　　张镇西摇了摇头后，会心一笑。张镇西自己也不明白，他怎么会有一个这样的儿子。

　　"吱呀"一声，房门被轻轻推开。

　　"父亲……"

　　张镇西望着那张俊秀的脸，爱怜地说道："孩儿，可以休息一会儿了。"

　　"好，好的。"

　　张镇西看到大画桌的羊毛毡上，是一张五尺长宣。宣纸上，是一张墨分五色的水墨梅花图。那梅花生动之极，美妙之极。看了之后，似有梅香沁人心脾。

　　"儿子，我想郑墨你不会不知道吧？"

　　"郑墨？"张侯梅惊诧地瞪大了双眼。他实在也搞不清楚，他的父亲，怎么会在此时又一次提起郑墨。

　　张侯梅早已从父亲的口中，知道了圣手郑墨。

"儿子，明儿一早，你随我走。"

儿子感到父亲话中有话："父亲，明天是带我去看画吗？"

"是看画，也是看人。明天，我带你去拜见郑墨。"

"拜见郑墨？"素来文静的张侯梅，心跳加速。

第二天一早，张镇西父子各骑一匹快马，驰向雪野村。

没多久，父子俩便来到了雪野村。

张侯梅指着小桥流水的景致说："父亲，你看，这雪野村就是一幅画。"

"儿啊，父亲才疏学浅，看不出其中的张三李四。"张镇西看到平时不言不语的儿子很放松，十分高兴。

张镇西的又一次上门，让郑墨眉峰紧锁。

看到张侯梅后，郑墨的眉峰立即舒展：张侯梅白净的长方脸上，鼻梁高挺，眼睛像两潭秋水，深不见底。

"这是犬子侯梅。"

"好好，请进。"

"男人如有女相，要么没出息，要么出息到没底。"郑墨盯着张侯梅那双柔软如绵的白净之手，"这手，是书家之手，有贵人之相。"郑墨一直注视着张侯梅，忽视了张镇西的存在。

被忽视的张镇西知道，郑墨从方才的冷漠中走出，他舒了一口长气。郑墨的神态已明确地告诉他，郑墨对张侯梅极有好感。

作为张侯梅的父亲，张镇西对儿子知之甚少，从郑墨的眼光里，他知道了儿子的不同寻常。

舒完长气后，张镇西开始兴奋。

这边的郑墨寻思：这对父子，为什么如此不同？

坐定后，郑墨破例了一回："嘉卉，给客人沏茶。"

一侧，走出一个身材修长、腰肢纤细的姑娘。只见肤如凝脂，眼似秋水，活脱脱美人一个。又由于成天沉浸于水墨之中，嘉卉姑娘有一种不食人间烟火的超凡脱俗气质。

红痣！张侯梅看到了姑娘左眼下面那一颗小小的红痣。

这一颗小小的红痣，让张侯梅想起了一个曾经的美梦：记忆中有漫天的飞雪和呼啸的北风，年少的他在雪地上策马奔驰，畅快淋漓的他遇到一个迷路的女孩。美丽的女孩，乌黑的发鬓上绕着金色绳结，清亮的眼睛，因为哭泣变得红红的，女孩左眼下面有一颗小小的红痣。

"这是小女嘉卉。"郑墨介绍，然后念叨着"嘉卉、侯梅"，若有所思。

一旁的嘉卉与侯梅瞬间红了脸。只有张镇西是云里雾里。因为，他不知道《诗经》里"山有嘉卉，侯栗侯梅"的佳句，而侯梅的名字，不是他所起，是师祖张甫林所赐。

嘉卉姑娘举手投足间尽显优雅。她穿一青衫，拈一纸扇。扇面上的梅兰图，梅香兰幽，秀肌丰骨，为她亲手所画。画旁配有一诗：兰有同心语，梅无媚世妆。

嘉卉姑娘给张侯梅上茶时，四目相对，不经意间，竟有了前世今生之感！

两个人的神态，被一旁的两位长者尽收眼底。

郑墨稍纵即逝的满意之色，被张镇西尽数捕捉。

看看时机成熟，张镇西开口了："老师，今天带小儿前来，有一事相求。"

"什么事？尽管道来！"

"当初学生跟老师学画无成，今天特送小儿拜师学画。"

郑墨自然是一口应允。

当下，郑墨领父子二人进了画室。

郑墨差女儿铺开吸墨毡垫，取来文房四宝，要张侯梅一试笔墨。

张侯梅熟练地铺开宣纸。

随着张侯梅的笔墨纵横，很快，画面上便有了斜影稀疏。

几株写意墨荷立上了宣纸。

郑墨在一旁看了，只是点头。继而，他对张侯梅说："这荷颈要柔中带刚，太刚易折……"

郑墨说着，当即挥毫，张侯梅看郑墨的运笔用墨，大有笔底春风之慨——丝丝入扣，潇洒漂亮。看郑墨作画，是一种艺术享受。

郑墨把这一幅写意墨荷，赠予张侯梅。张侯梅看着郑墨的写意墨荷，心悦诚服。

临行前，郑墨把这父子俩送至院门外，出门后，又往前送了几步，并对张侯梅说："有空常来！"

听到"有空常来"时，张镇西快活之极，他趁热打铁："老师，是否选一吉日，办一次拜师宴？"

"此乃世俗之举，免了免了！"

从此，隔三岔五地，张侯梅便前往雪野村。

来回的路上，眼前浮现的，尽是嘉卉姑娘超凡脱俗的姿态。张侯梅自己也难分清，他到底是去学画，还是去看嘉卉。

一个月后，张镇西又去雪野村。

几人一起品酒、吟诗、作画。其间，郑墨即兴写了一幅字："老眼看山倦，余怀向酒开，晚凉微雨送，秋意一蝉催。"

酒罢，郑墨让嘉卉陪张侯梅去画室泼墨。

进了书房，郑墨取出一套他珍藏的宜兴紫砂壶。

见郑墨已将自己视为朋友，张镇西有点得意。

郑墨问张镇西："不知令郎是否已有婚约？"

张镇西回道："没有！"

借着酒劲，郑墨又道："令郎与小女似很投机，你看……"

还没等郑墨把话说完，张镇西抢了话题："郑老师，那我们就高攀了！"

"好！——好！"

郑墨高兴到只会说一个好字了。

郑妻早已故去，郑墨的这一个好字，代表了全家。

须臾，郑墨补充了一句："我以前的事，在令郎和小女面前请不要提及……"

张镇西想这事已过去多年，他不知道郑墨还在顾忌什么。

想到女儿的大事终于有了着落，郑墨高兴得热泪盈眶。片刻之后，郑墨去了画室。因为兴奋，郑墨把两位正在眉目传情的年轻人拉到客厅，兴致勃勃地讲起了茶经。郑墨指着那套紫砂壶茶具说："你们看到了吗？这紫砂壶……"

郑墨失态了——因为久居乡野，因为爱女有了意中人，又因为多喝了点酒……

听到父亲一味谈壶，且没有休止之意，嘉卉撒娇道："父亲，那张墨荷，刚画了一半……"

也不等父亲应允，嘉卉便拉着张侯梅去了画室。

看着两人的背影，郑墨对张西镇说："有了墨荷，父亲也不要了。"

从这紫砂壶的话题里，张镇西预感到郑墨要示宝于他。

张镇西的话题始终围绕着紫砂壶："宜兴的紫砂壶是真好！"

"宜兴的紫砂壶，工艺了不得！我给你看一样东西。"

张镇西知道，这东西肯定是非同寻常。这东西，会是什么呢？

郑墨从卧室的一个大柜子里，小心翼翼地提来了一把大茶壶。

小沙弥曾在郑墨那里隐隐约约地提起过慧风方丈的两个弟子。在仅有的几次交往中，郑墨也都比较谨慎。但此刻的郑墨，已是醉意颇深。

175

"你看这把赤褐色的壶，造型精致典雅，是宜兴紫砂壶中的精品。"

"为什么说是精品呢？"张镇西漫不经心地问道。

"你看这壶上的图。"

郑墨摸着胡须，得意之相尽显。那架势，又如一个天真的孩子。

张镇西小心翼翼地接过茶壶：壶上有两个老翁弈兴正酣，棋盘上的红黑棋子隐约可见。

郑墨听说过江湖上流传的象棋残局"踏雪寻梅"和一笔财宝有关的故事，郑墨不相信自己的这一把壶和《踏雪寻梅》谱有什么关系。郑墨喜欢这把壶，不仅仅因为这把壶是出自名家之手，而且他更加珍爱的，是壶上两位极具传神的老翁对弈图。

"不会是《踏雪寻梅》谱吧？"

张镇西的贪婪之相顿显。

郑墨的酒，醒了一半。

日升日落，潮涨潮平。一晃，又过去了一年。

张侯梅的聪敏好学，让郑墨十分满意。

看看张侯梅的墨荷画已是有板有眼，郑墨开始传授家传之梅花画法。在画梅花之前，郑墨要张侯梅精读陆游的《卜算子·咏梅》。郑墨告诉张侯梅，只有理解了梅花的精神，才能画好梅花，才能画出梅花的风骨。

僻居乡间十几载，郑嘉卉早已习惯了与父亲和笔墨纸砚相依为命的生活。与父亲相坐品茶，甚至一人持一壶一扇独坐庭前，观时来啄食的小鸟，观母亲当年手植的枇杷树，观一树梅花，成了郑嘉卉的日常生活。那日子，虽然有点冷冷清清，但很充实。

张侯梅的到来，吹皱了郑嘉卉的一池春水。少与外人接触的郑嘉卉，看到张侯梅玉树临风的身姿，被其深深吸引。随着来往次数的增加，张侯梅在她的眼里，还真的成了庭院中那株梅树。郑嘉卉曾经想象过自己的婚姻大事，她什么都想过了，但绝对没想到，天上会掉下来一个梅花一般的男人。

梅花一般的张侯梅确实在笔墨上下过一番功夫，但张侯梅对墨荷，尤其是梅花的画法还是知之甚少。这样，郑嘉卉便成为张侯梅的半师半友。

那日，张侯梅又在郑家画室里画梅花。那梅花的骨架，嘉卉已完稿。张侯梅只是在梅花的枝干上加三五小条并画上十几朵梅花。嘉卉搁笔后静立一侧待张侯梅着墨。岂料，那张侯梅手握狼毫，凝神聚思，迟迟不动。嘉卉见状，问其何故？答曰："我怕我配不上你，我怕我的枝条和梅花配不上你梅花的骨架。"

嘉卉听了，鼓励道："不要怕！配得上，一直配得很好。"

这边的张侯梅反问："配得很好？"

忽然间，郑嘉卉就红梅花儿开上了脸。郑嘉卉感觉到了自己的失态，不敢看张侯梅。郑嘉卉低眉垂眼，目视脚尖，双手互捏，不知所措。

这边的张侯梅是手执狼毫发呆。

片刻，缓过神来的张侯梅转移话题："听说令尊有一幅梅花图，那梅花图的枝干画得似藤蔓？"

说到梅花，嘉卉便来了精神："你等等！"

嘉卉从书橱里取出一幅横轴后，弯下身去，将横轴平铺于地。

整幅画以梅花构图，苍劲中隐含缠绵悱恻之情愫，枝干屈曲，花朵错落，布局开朗，进退自如，疏密有致，平面构图中一显空间深度。

张侯梅看得是如痴如醉。

看着陶醉于其中的张侯梅，嘉卉在一旁适时点拨："父亲说画梅花看似简单，从其构成的要素讲，不外乎花与枝，点与线。但你要真正读懂它，需要佐以清茶一杯，然后，以闲适的心境凝神于数尺墨迹

177

之间，观其构图的繁简与疏密，墨色的浓淡，虚实的变化，点的组合与线的走势……"

嘉卉的一番描述，让张侯梅如临其境……

看到张侯梅似醉非醉似醒非醒，嘉卉思忖："这个人，兴许正是梅痴吧！"

再过几天，是张侯梅、郑嘉卉的大喜之日。喜气在张家大院里洋溢着。

张镇西夫妇俩是乐不可支——媳妇的模样是百里挑一，且梅花、墨荷又得家传。

雪野村的郑家是冷冷清清。望着苍老的父亲，嘉卉是既喜又忧：喜的是找了个如意郎君，忧的是父亲今后如何独自生活。

"笃笃笃……"敲门声把嘉卉从愁绪中拉回。

嘉卉心想：应该是他！嘉卉转身疾走了三五步。门外站着的，果然是张侯梅。

"你……昨天不是刚来过吗？"

"今天是奉父母之命前来！"

"父母之命？"

"母亲说与其将来岳丈一人在家，不如一起来我们家。"

听到这里，嘉卉愁颜顿消。张家和她想到了一起，没想到未来的婆家这么通情达理。如是，原先的那一份忧虑，一扫而去。

"岳丈……我还没过门呢！"说着，嘉卉自己先红了脸。

进得门去，张侯梅把父母的意思如实转告。张侯梅还老老实实地说，父亲不敢开口，不敢来。

郑墨望着如此实诚的未来女婿，对女儿今后的那一份担忧顿时消失了。郑墨和颜悦色地对张侯梅说："转告令尊令堂，美意我领了。你们俩好，比什么都好。我一向清静惯了，不碍事。"

张侯梅劝说乏词，想岳丈也是言之有理，起身告辞。

张侯梅走后，郑墨对女儿说："嘉卉，张家镖局人多嘴杂，我如果去了，你要被他们看轻，日后会成为话柄。"

"父亲！"嘉卉伏在郑墨的肩上……

郑墨安慰女儿："孩子，不要哭！今非往昔，寂寞时我可以出去走走。"

此情此景，有生离死别的意味。

这生离死别的意味，预示着一个黑色的明天。

第二天早晨，嘉卉煮好早饭，像往常一样去请父亲吃饭。客厅里悄无声息，嘉卉觉得周遭弥漫着不祥。客厅里果然没有父亲的身影。而平素这个时候，父亲都是在客厅里喝茶读书，这是父亲多年的习惯，如日出日落般恒定。

嘉卉穿过客厅，去了大院。大院里，还是没有父亲的身影。

嘉卉感到了反常。她一改碎步，奔向父亲的卧室。

推开卧室的那扇褐色的木门，来到父亲的卧室，嘉卉看到父亲躺在床上。她一路奔跑的声音，重重的推门声，都没有惊醒父亲。嘉卉感到了不详，她大声呼叫："父亲！"

还是没有回音。

嘉卉寒战阵阵，有一种前所未有的不安。

"父亲！父亲！"嘉卉推了推父亲，又摸了摸父亲的鼻翼，气息已无。

嘉卉奔出大门，呼来了左邻右舍。

下午，闻讯后的张镇西父子疾驰而来，当地衙门捕头等人马也早已赶到。

验尸后，衙医如实相告：说不准是自杀还是他杀。

嘉卉一改平日矜持，见到张侯梅后，扑了上去。

捕快询问："令尊有仇敌否？"

一旁的张镇西插话："没有！"

捕快看了看张镇西，不明就里。

嘉卉答："仇敌是有，但早就被发配去了边城。"

捕快弄清楚了张镇西和郑家的关系，记录在案。

捕快又问了嘉卉："家中是否少了什么贵重物品？"

"贵重物品？"嘉卉想到了那把紫砂壶，疾步走到父亲卧室。打开柜橱门后，嘉卉"啊"了一声：那把老翁对弈壶，不翼而飞了。此时的嘉卉彻底乱了——也就是说，父亲很可能是他杀。

丧事，由张家操办。

按郑家规矩，上人走后，一年内不得办婚事。考虑到嘉卉姑娘独住雪野村，经堂哥郑之应允，嘉卉先入住张家，一年后再办婚事。

风猎猎，水滔滔。

再说张镇西以绑架李亦道的儿子为筹码，迫使李亦道交出了棋谱。但张镇西没有想到，他得到的是一张假谱。

张镇西站在甲板上，凝视着东去的秦淮河水，长哼了一声……

当年，张镇西向慧风方丈学棋时虽三心二意，但慧风方丈讲授的要点，他还是清晰依旧。方丈说：宋代女词人李清照，文风婉约，又喜弈。她在《打马图经序》中写道："予性喜博，凡所谓博者，皆耽昼夜，每忘寝食……"使李清照"皆耽昼夜，每忘寝食"的棋局中，有一局叫作"黑云压城"的古棋局。此局双方十六子齐全。中局阶段，黑棋压打着红棋，层层推进，展开了立体攻势：可以翻手为云，可以覆手为雨，充满着黑云压城城欲摧的意味。然而，就在黑棋杀气腾腾不可一世之际，终局时发生了戏剧性的变化：红棋献车献马献炮再出妙手，最后，以一兵直捣龙门而定乾坤。此时，黑棋只能是"雨横风狂三月暮，门掩黄昏，无计留春住"了。

张镇西从黑棋由胜转败的结局，想到了自己的状况。在这一次的角逐中，他无疑是个失败者。想不到自己竟被李亦道耍了。他恨自己的急于求成，一时疏忽，使周密的计划变成竹篮打水一场空。

张镇西贪婪地呼吸起沁人心脾的江风。他的心绪随风而舞，这个时候，他又想起了那飘扬的红手巾。

片刻，家佣端上烧酒一杯。和着风，张镇西举起酒杯一饮而尽。然后，他手一扬，目送酒杯沉入水中。随着酒杯的沉入，一个丧尽天良的阴谋，在张镇西的脑中形成。

回镖局后，张镇西唤来了张小田。

这两年，李亦道为追寻慧风方丈的遗风，每天都要花两个时辰去临摹慧风方丈的遗墨。幼时，李亦道便在父亲的启蒙下临摹隶书《曹全碑》。父亲之所以命其临《曹全碑》，是因此碑帖的笔势柔和。父亲是要在李亦道身上，揉入文化气息。由于受柔势的《曹全碑》之影响，与父亲相比，李亦道是有文化，但这一文便文过了头。

由于李亦道临帖习字已达三十载，且又在自己的笔墨中渗入慧风方丈的风格，所以他的风格独具一格。久而久之，他的书法也成了墨宝，登门求书者络绎不绝。后来，李亦道索性将书法作品悬挂于茶坊，任人取之。李亦道所书的条幅，大都是佛语。

张镇西手一扬，将酒杯沉入水中

再说慧风方丈的书风，深得唐代那个"观公孙大娘舞剑而书艺日有渐长"的张旭的要领。他在张旭的狂草走势中，又增加了他的淳朴。因此，慧风方丈的书风，粗看很狂，细品很实。李亦道在慧风方丈的书风上，又加入了《曹全碑》隶书的笔意。

这两天，张小田每天都去李家茶坊，临走时，都要取几幅李亦道的字藏于袖中。张小田去李家茶馆，是张镇西指使。

尽管张小田是张镇西的心腹，但李家的伙计没有怠慢张小田，他们知道张小田比较厚道。

张小田寻思：镖主，你做你的坏事，可不要连累我。

张小田猜不透张镇西为什么要他暗藏李亦道的书法，他希望张镇西此举只是心血来潮。

这样一想，张小田就能心安理得地喝茶，然后，去想那飘扬的红手巾。

每次回府时，张小田都要按照张镇西的吩咐，把暗藏的李亦道的书法偷偷交给他。

每天，张镇西都要把自己反锁在棋房两个时辰，精心临摹李亦道的书法。

春去秋来，荷败荷开。

这半年里，王芃芃、柳一湄几次敲门欲入棋房，都被张镇西拒之门外。

一次，王芃芃去庙里烧香，不在家，柳一湄在外喊门。听到柳一湄的喊声，张镇西迅速把文房四宝藏起，然后，取出棋盘和棋书。

一进门，柳一湄就扑向张镇西。

一阵颠鸾倒凤后，柳一湄问："相公，你何时纳我为妾？"

张镇西拥着柳一湄，意味深长地拖了一个长音："时间不会很长！"随即，张镇西一把将柳一湄拉起，命她速离。

柳一湄离开后，张镇西唤来张小田，把自己和李亦道的书法混在一起，让张小田辨认。张小田观之，很难分辨。

离开棋房后，张小田不明白镖主费这么大的劲，到底要干什么，但感觉肯定不是好事。

张镇西的阴谋是一箭双雕：他要除掉王芃芃，栽赃李亦道，然后，娶年轻的柳一湄为填房。

看看时机已经成熟，张镇西开始实施他的阴谋。张镇西仿李亦道的笔迹，写了一张告示："张镇西，你绑架我的儿子，不仁在先；今天，我要还治其人之身。"在落款的下方，张镇西还盖了一枚他仿刻的汉白印：亦道直言。

二十 | 刺骨寒阴风冷雨
尽凋零墨荷枝残

父亲走后，郑嘉卉总是满怀忧伤，流泪到天明。

为此，王芄芄再三关照儿子："不要整天画画，要多关心嘉卉！"

其实，王芄芄自己也常常是独对孤月……她不知道，张镇西移情别恋的对象，是秦淮河上的艺妓，还是身边的柳一湄？

这半年来，嘉卉一直是愁眉深锁。面对大院中的菊花和蔷薇发愣，是她的常态。看到嘉卉在庭院中凝视飞鸟，张侯梅想嘉卉一定是在想她的父亲，想她家中的那一树梅花。

蓝天上的那一对飞鸟，在嘉卉的眼里划过后，划成了一首诗，"天霜河白夜星稀，一雁声嘶何处归。早知半路应相失，不如从来本独飞"。

幼年丧母已让嘉卉蒙受不幸，父亲的离去，更是让她痛苦至极。

十几年来，父女俩相依为命，每天在画里打发时光，几乎是一日不闲。

来到张家后，因为张侯梅，因为婆母的关怀备至，她的心情虽有所好转。但一想起父亲，一想到那一树梅花、一架蔷薇和那一片黄色的菊花，她便会潸然泪下。

行走在秦淮河边，听着远处画舫里传来的断箫残笛，方才还平静的嘉卉，复又生疑："那把壶，究竟被谁窃走？谁是谋财害命的凶手？"

在她的记忆中，那把壶从未在他人面前展示。记得有一次，父亲于卧室反锁房门，好长时间过去了，还没有出来。屋内是悄然无声，房门又被反锁，嘉卉怕发生意外，重重叩门。

门，开了。

嘉卉微嗔："父亲……"

"我……"郑墨下意识地回过头去。

顺着父亲的视线瞄过去，嘉卉看到，桌子上有一把茶壶。

"父亲，这是什么壶？"

至此，父亲才一五一十地把壶的来龙去脉道出。直到那一天，嘉卉才知道家里有一把名壶。

"父亲对我都是守口如瓶，况且是外人？"

静坐于河边的郑嘉卉，突然想到了那一次：张镇西、张侯梅父子俩来的那天，父亲曾谈起苏东坡与茶壶。后来，我与侯梅去画梅了。当时的父亲，情绪极好。他俩走后，父亲谈起我和侯梅的事情。按照常理，父亲那天让未来的亲家公观壶，也是人之常情。

想到这里，嘉卉不禁祈祷："千万啊千万，千万不要是……"

在张家居住已有半年，嘉卉对张镇西也有所了解，知道了张、李两家以往的争斗，知道了张镇西对古谱是梦寐以求。

最让嘉卉不愿相信的，是这半年来，张镇西在她面前有些闪躲的目光。

到了夜里，睡不着，嘉卉还想着白天的那些猜想。她在大院里时走时停。就在这个时候，她忽然听到张镇西棋房的门吱呀一声打开了。这吱呀一声，在这寂静的夜晚，分外入耳。须臾，只见张镇西探出头来张望了一下，又缩了回去。随即，门关上了。

因为白天静坐于秦淮河边的那些想法，嘉卉忽然就警觉起来："他为什么躲躲闪闪？"

当嘉卉瞄着张镇西的时候，另一边楼上的红手巾下，也有一双眼睛盯着张镇西。

蹑手蹑脚地，嘉卉准备贴上去刺探一番。

刚走了几步，嘉卉复又止步。嘉卉听说过张镇西与柳一湄的传闻。她想如果两人是在幽会，她这一上去，岂不是很尴尬？

虽然已算是张家的儿媳，但嘉卉总有寄人篱下的感觉。

嘉卉对柳一湄并无恶意，因为有相似之处，反而是同病相怜。

到底是去还是不去呢？一想到父亲的死，一想到那把壶，嘉卉顾忌全无。她已经顾不上那么多了，她只想抓住凶手。

当柳一湄看到鬼鬼祟祟的张镇西缩头乌龟一般地掩上门，又看到另一侧的嘉卉时，她实在是猜不到，张镇西到底在干什么？这两人之间又会发生什么？

轻手轻脚地，嘉卉猫到后窗下，以耳贴窗。确认千古笑话不会发生后，嘉卉用手指沾着唾沫去捅窗纸。窗纸被捅开后的那一瞬间，嘉卉感到如五雷轰顶。

"壶！老翁对弈壶！天哪！"

油灯下，张镇西正与桌上的那把壶相对。

嘉卉真想一个箭步冲上去，拿起张镇西的那把无意剑来，一剑封喉。

但是，她不能！她无法做到这一点。

她深深地爱着张侯梅，深深地爱着婆母王芃芃。因为爱，她无法剑指杀父仇人。

一时间，嘉卉六神无主。本能驱使她站起身来。嘉卉返身时，一不留神，右脚踢翻了倚在墙边的一块木板。

那一块木板，曾被张镇西当作宝剑对月独舞。

听到声响，张镇西推开房门，留给他的，是一个女人远去的背影。

张镇西拿不准，那女人是柳一湄、郑嘉卉，还是王芃芃。

脚下高高低低，嘉卉摇摇晃晃，终于爬上了二楼。

远远地，有一双眼睛，一路跟随着郑嘉卉。

张镇西也跟了过去。

柳一湄见张镇西站在嘉卉的楼下，担心张镇西有出格之举，于是，便迎了上去。

一开始，嘉卉就感到父亲的死可能与张镇西有关。她之所以住进张家，也是要证实自己的判断，找到杀父凶手。同时，她又多么希望自己的判断有误。

推开房门后，嘉卉一头扑倒在床上，大脑是一片空白。

缓过神来后，嘉卉才想起，门还未拴上。

怎么也爬不起来。

浑身无力的郑嘉卉，感到口渴难熬。此时的嘉卉，倍感难过……

大脑里，还是一片空白，浑身上下，没有一丁点儿力气。嘉卉想：索性，就让我这样一了百了吧！

嘉卉躺在那里，一任泪水流淌。

窗外，忽然吹起一股冷风。那冷风吹得二楼一侧绳索上那永远的红手巾哗哗作响，冷风穿过门缝吹到了嘉卉的身上。那哗啦啦的冷风让嘉卉一瞬间清醒。此时，她家庭院中那一树傲雪斗霜的梅花，又现眼前。她想自己不能这样，必须起来。

处在极度痛苦、极度矛盾之中的嘉卉，不知如何是好。

第二天，张镇西看到嘉卉躲闪不定的眼神，断定郑嘉卉已知真相。

张镇西竟心生愧念。

张镇西并没有想要置郑墨于死地。

那一次的张镇西是灵光一现：壶上隐约可见的残棋，就是"踏雪寻梅"吧？不然，那村子为什么叫雪野村呢？

那晚，张镇西策马去了雪野村。他本想敲开郑家大门，想想又不妥。再想想这把壶迟早要归嘉卉，于是乎打算打道回府。谁料他的坐骑停而不行，两眼直视郑家大门。属马的郑嘉卉很喜欢这一匹老马，每次来，都是她亲自喂饲料。看到坐骑赖在那里，张镇西一时犹豫。犹豫之后，他还是潜入郑家，翻墙进了郑墨的书房。张镇西并非是去盗壶，他的本意，只是看一眼后走人。想不到，这一看，便把他人的书房当作自家的书房。正当他全神贯地看着那把壶时，忽然听到一声喝问："你！这是干什么？"

张镇西惊恐万状。回过神来后，他才看到了郑墨。郑墨的眼神难容半点沙粒，那眼神已明白无误地告诉了张镇西：不会接受他这个亲家。

张镇西想自己的事是小事，坏了儿子的事可就是大事了。他知道，儿子，包括他自己，太喜欢嘉卉姑娘了！

"老师，我只是想看一看这把壶。"

"不请自到，翻墙而入……"

郑墨怒发冲冠，大声喘着气，他的脸，由红而白。

"我……"张镇西极度后悔，他站起身来，惊慌中随手推了一把郑墨。张镇西没想到，对方忽然手捂胸口，说了一个"你"字后，倒了下去。

张镇西见状，叫了声："不好！"

张镇西上前扶住郑墨，然后把郑墨背到卧室。随后，张镇西把郑墨轻轻地放在床上。

郑墨已无气息。

面对气息全无的郑墨，张镇西一时呆住了。

三天后的一个子夜，郑嘉卉不辞而别。

其时，画痴张侯梅正在书房里画梅。

听到嘉卉不辞而别，张侯梅的那支笔颓然落下。于是，一张极具神韵可遇不可求的《凌寒飘香》图，就此夭折。

回到雪野村，站在自家的庭院里，望着一树梅花，嘉卉睹物思人：慈母早逝，父亲又驾鹤西去，留给她的，只有这一树梅花了。面对梅花，嘉卉吟诵起陆游的《卜算子·咏梅》："驿外断桥边，寂寞开无主……"

夜半时分，嘉卉离开了雪野村，走向秦淮河。

嘉卉在秦淮河边，一直坐到东方发白。

残箫犹在，歌声依稀，河水依然。

"唉，只是我郑嘉卉，竟找不到一个说话的人！"找堂哥郑之吧，有碍于他身旁的悍妇。这也是当初她不住堂哥家的原因。

找谁呢？找了又怎么样？谁也无法改变他是侯梅的父亲。

徜徉在秦淮河边，嘉卉思念着双亲，思念庭院中的一树梅花。

郑嘉卉走了，走得很干脆。

两天前，她画了一幅墨荷留给张侯梅，题款是：君出淤泥而不染。画的左下方，还有几句诗："阴风冷雪刺骨寒，墨荷枝叶尽凋残，我欲追随浮云去，劝君珍重更自重。"

面对嘉卉的墨荷图，张侯梅呆若木鸡。一夜之间，他原本乌黑的头上，出现了白发。

张侯梅不知道嘉卉为何离他而去，只得把嘉卉的墨荷，装裱后挂于墙上。不管是白天黑夜，他都端坐于房间，望一望窗外的黄叶树，看一看墙上的墨荷图。

窗的一隅，是王芃芃。

看着木然的儿子，王芄芄万分惆怅："嘉卉姑娘为什么要走呢？为什么就走了呢？为什么？"

郑嘉卉的消失，对张镇西来说是一种解脱。看到极度悲伤的儿子，他心生内疚。内疚之后，张镇西想：一切都会过去的。

郑嘉卉的消失，没能让张镇西停止罪恶的脚步。

张镇西还是准备动手了。

王芄芄与柳一湄相比，已是人老珠黄。但这不是张镇西欲除王芄芄的动机。王芄芄的背影里，有独行在千里之外的王在，有近在咫尺的大小镖头。王芄芄限制了他的自由。

那晚，张镇西密唤张小田到棋房。张镇西从柜子里，取出一只小包。小包里，是人见人爱的金子。张镇西把一小包金子交给张小田，一字一句地关照后，又叮嘱张小田，你招假供后，我会派人送你出去。从此以后，你就远走高飞。

张小田听罢跪倒："镖主，一定要走吗？"

"完事之后，我会让柳一湄去找你。"话说到这里，张小田知道，他已经没有退路。

张小田不想离开这个大院，张小田最难舍的，是那一条随风起舞的红手巾。

二十一 | 非修身棋房研墨
使歪招小田中计

第二天上午，张小田在大门的夹缝中取出一张告示："张镇西，你绑架我的儿子，不仁在先；今天，我要还治其人之身。"在落款的下方，有一枚仿刻李亦道的汉白印：亦道直言。

告示，在张小田手里，成了一面旗帜。张小田挥舞着旗帜，在院子里大叫："镖主，不好了，李亦道要来寻事了。"

张镇西看了告示后，对闻讯前来的大小镖头们说："从今天起，镖局内外严加防范。"

少顷，他手一挥，口气一缓："大家不要太当一回事！哪有这样来寻事的？"

众人听后，想想也有理。随后各自散去。

为了保护王芃芃，张镇西特地安排了两个镖手为其守夜。儿子的居室，由他亲自守候。

王芃芃早已和张镇西分房。张镇西就成了儿子的保镖：去张侯梅的居室，必经过张镇西的房门。

李亦道得知告示之事后，知道张镇西又在寻事。由于对张镇西东一出西一出的做派已经是见多不怪，他有点不以为然。

七天之内，张家镖局太平无事。

十几天过去了，张家镖局还是太平无事。

那晚，王芃芃对守候门前的两位镖手道："你们去吧，李亦道不会对我怎么样。"

待两个镖手离开后，王芃芃唤来几个使女，一起玩起了雀牌。几个人一直玩到深夜。

一夜无事！

两夜无事！

第三天深夜，还是有事了……

玩了雀牌后的王芃芃睡下后，再也没有醒来。

王芃芃床前一侧的桌子上，有一只景德镇产的蓝边大花碗。碗里，还残留着使人闻之舒坦的药味。

最先发现王芃芃长眠不醒的是柳一湄。

每天一早，柳一湄都要过来和王芃芃一同吃早餐，然后，教王芃芃弹古琴。

这天，柳一湄还没进门，已经闻到了一股药味。闻到了药味，柳一湄就知道大事不妙，上去一看，王芃芃已经口吐白沫。

"不好了！不好了！"柳一湄声嘶力竭地哭叫着。

"张镇西你太狠了，连老婆都要杀。"柳一湄认定这是张镇西所为。柳一湄只是想做一个小妾，她不想杀人。

闻讯赶来的张镇西，扑在王芃芃的尸体上号叫："夫人啊，你怎么这么冤啊！李亦道，我不会饶过你！"

赶来的郎中检验后，确认王芃芃是因药力过猛致死。景德镇产的蓝边大花碗，是盛药之物。

蓝边大花碗，张家镖局里只有一对：一只收在王芃芃的房内；盛药之碗，原先一直在张镇西的书房。

张镇西厉声问柳一湄："我书房里的大花碗，怎么在这里？"

张镇西的书房，平时由柳一湄负责收拾。

柳一湄感到这事太大，一时不知道怎么回答。

"柳一湄！"张镇西又大叫了一声。

柳一湄只能是如实道来："前两天，小田说要，我就拿给了他。"

"小田，怎么回事？"张镇西面露杀气。

张小田浑身颤抖。虽然，张镇西已事先告知，只是演一场戏，事成之后，就让他带着金子远走高飞。

但此时，看到满脸杀气的张镇西，张小田预感到大事不妙。

"镖主，我，我该死！是李，是李亦道要我毒死夫人……"

背好台词的张小田，一脸茫然。还没等张镇西开口，他又怯生生地问："镖主，我……"

"拉出去！"

"冤枉！冤枉啊……"

为时已晚。

张小田已知道求生无望，无限留恋地回头，望着二楼那高扬的红手巾。张小田的身影，距飘扬的红手巾越来越远。

柳一湄和张镇西对视了一眼。

张小田的叫冤声，久久不散。至此，柳一湄想到了"一箭双雕"。

张小田的害人之举，众人是似信非信。但大家又不明白张小田先前为什么会亲口承认。而且在这之前，有好几位镖手看到张小田出入李家茶馆。

一时间，众人主意全无，只是听凭张镇西行事。

王芇芇的灵堂，设在大客厅里。几天来，有道士日夜不停地诵经。

"啪"的一声，那只名贵的景德镇产的九龙大花碗，被张镇西摔破于地。张镇西仰天长叹。

张镇西痛苦至极的表情，仰天长啸的姿势，像一只孤狼。

张侯梅欲哭无泪，形同活死人一般——未婚妻一走不还，又迎来了丧母之痛。

听说王芄芄西行，李亦道就知道一定是张镇西所为。他知道，这一次的张镇西，已经准备一黑到底了。

二十二 | 大师爷现身镖局
寻梅谱化为灰烬

十几天后，张侯梅的外公，原本千里之外的王在，突然归来。

幼年丧母，中年丧妻，晚年丧女。

王在的眼里，没有一滴眼泪。那双蓄满悲伤与仇恨的眼睛，深沉如古木掩映下的老井。

看到老镖主回来，镖手们围在大厅里。

大厅里，鸦雀无声。

张镇西不敢对视王在。

许久……王在说："把那张告示给我取来！"

有镖手应答："我去。"

王在指着张镇西："你去！"

王在的声音里，有一种无法抗拒的威严。

张镇西取来了告示。

王在捧着那张告示，大吼一声："棋谱棋谱，老子要灭你九族！"

说着，王在就要撕那告示。

"王在，住手！"一侧，传来了一个苍老的声音。

王在没想到，师父张甫林会不期而至。

张甫林鹤发童颜。

面对师爷，镖局的众人纷纷行大礼。

"大家都起来！"

待众人起身后，张甫林发话："人死不能复生，大家都去忙吧。"

张甫林原是张家镖局的老镖主。在与李家镖局的连年打斗中，他的儿子身亡。

张甫林并没有决意复仇，因为，他认为是张家不义在前。

最终，张甫林看破红尘，告别了没完没了的擂台生死决斗，立心腹王在为镖主，自己登上古山的悬空寺，开始了修行。

张甫林在悬空寺研墨习棋修身，至今已有几十载。

王在的归来，让张镇西开始惶惶不可终日。

张甫林的不期而至，更是让张镇西感到了朝不保夕。

当晚，张甫林、王在命张镇西到书房说事。

张甫林还是那一句话："人死不能复生。"

张甫林声音很轻，眼神却是高深莫测。这高深莫测的眼神，让张镇西不寒而栗。

张镇西躲闪着他的目光。

看着张镇西躲闪的目光，张甫林拨雾亮剑："我已经来过镖局，也去了李家茶坊。"

听到张甫林已经来过镖局，又去过李家茶坊，张镇西知道自己已行至末路。但他还是抱着侥幸心理：怎么证明告示是假？

张甫林继续说道："我认为李亦道不可能杀人。如果他是一个贪财之徒，面对价值连城的《踏雪寻梅》谱，他不可能做到不闻不问。此其一。其二，李亦道虽然秉承慧风方丈书风，但他在书法中揉进了隶书《曹全碑》的笔意。《曹全碑》的那雁尾一波上翘时，呈柔势。而临摹《礼器碑》的书家，那雁尾上翘时才会呈刚势……"

张甫林的双眼凌厉，张镇西知道他今天是在劫难逃。他没想到，张甫林对书法的研究是如此之深。同样写的是隶书，张甫林还能分清《曹全碑》和《礼器碑》的差别。张镇西原先因酒精作用而发红的脸色，慢慢呈鱼肚白色，继而，滴滴汗珠落下。

一旁的王在见状，已看出了其中的道道。王在放下酒杯，取出告示，拍在书桌上。

"你这个混蛋！"王在站起来，取了宝剑。

"慢！"

听到张甫林一个轻轻的"慢"字，王在复又坐下。

"露马脚的，还有书法上那一方汉白印章。"

张镇西望着张甫林，愣了愣后，又摸起了酒杯。

张镇西六神无主，那杯酒，握在手里，停在空中。

"喝，你还是喝了吧！你丈人不会要你偿命，因为，他的外孙不能没有爹。"

"天啊，这该死的《踏雪寻梅》，一定要把它毁了！"一旁的王在自言自语。

"还是说说那方'亦道直言'的汉印吧。一开始，你就犯了一个大错误，你在临印时徒以迹象求之，而不溯其源，貌愈合神愈离。你要知道，篆刻分精工与写意两大造型体系。具体地说，一种是以'执着'为真，一种是以'游戏'为真。李亦道追求的，是刀刀有来历的'执着'。而你却是貌合神离。再者，李亦道行棋深得《孙子兵法》之真谛，是以先为不可胜，而后战胜之为其宗旨。因此，他行棋稳健，底蕴深厚，含而不露。有道是'棋风如其人'，像李亦道这样一个稳重之人，即便要杀人，也不会写这张告示，更不会在告示下方盖上这一方不该盖的汉白印……"

说着，张甫林走到木门处，透过缝隙，朝外看了一眼。

张镇西听罢，汗如雨下。片刻，他仰起头来，将杯中之酒一饮而尽，然后，一字一句地说："我罪该万死！"

王在又拔出了宝剑。

张甫林："王在啊，孩子不能没有爹，张镇西的生与死，还是让你的外孙来决定吧。"

张甫林说罢，开了房门。

门外，站着的正是张侯梅："外公，不要杀我父亲！"

"孩子！"王在上前抱住了张侯梅。

"柳一湄，你也进来！"张甫林把门外的柳一湄也叫了进来。

"柳一湄！"

"张镇西的事与我无关。"

看柳一湄一时无语，张甫林继续道："我准备把张镇西带上古山，你有什么打算？"

"那……我也去。"柳一湄机械作答。

一旁的王在插问："大花碗里的药，是谁捣的鬼？"

张镇西的脸，因紧张和痛苦已经变形。须臾，他自己朝酒杯里斟满酒，然后，仰起脖子一饮而尽："芃芃，我……我鬼迷心窍。"

张镇西说罢，趴在了桌子上。

那一对景德镇产的蓝边大花碗，是吉祥之物。女儿新婚前夕，王在送碗留言："这一对蓝边大花碗上的图案，分别是龙与凤，这一对大花碗，象征着龙凤呈祥，象征着你们小两口恩恩爱爱一辈子……"

王芃芃将大花碗锁于柜中。夜深人静之际，她时时要拿出来痴情地把玩。王芃芃实在没想到，龙凤呈祥的大花碗，成了置她于死地的工具。

儿子张侯梅出生后，王芃芃还想再生一子。

天不遂人意！

相命先生曾为其看过手相，说她是"鱼条穿柳一条线——只留一个"。

于是，她常常去庙里烧香，求观音再赐她一子。几年下来，依然是"鱼条穿柳"。为此，王芄芄心灰意冷，麻木消沉，沉迷于雀牌之中，置练武于脑后。后来，她和张镇西从同床异梦到分房而眠。王芄芄劝张镇西续弦，但张镇西是有色心无色胆。

张镇西在等待时机。

张镇西要张小田向使女柳一湄借他书房里的蓝边大花碗。然后，张镇西把煨好的中药置于碗中，送到王芄芄处。

张镇西把大花碗放于桌上，转身关了房门。他温存地对王芄芄说："你猜猜看，我带来了什么？"说着，张镇西上去拥起王芄芄。王芄芄已有很长时间没有得到丈夫的爱抚。在张镇西的爱抚下，王芄芄醉了。四十来岁的王芄芄一把抱住男人，眼里露出温柔的爱意："你带来了什么？"

"药，生儿子的药！"说着，张镇西捧来蓝边大花碗。

宛如接过自己已逝的青春，宛如又抱着一个大胖儿子，心神荡漾中，王芄芄喝下了那碗药。

张镇西把大花碗放到桌上。

王芄芄在昏昏沉沉中永远睡去。

此刻的张镇西，也出现了幻觉：离开王芄芄的卧室时，他忽然看见了那张《踏雪寻梅》谱，棋谱上，有几股殷红的血迹；王芄芄手握长剑，一步一步地向他走来。

张镇西语无伦次地叫道："我不要棋谱了，我不要棋谱了……"

见张镇西神思恍惚，张甫林当即点了张镇西的睡穴，然后对柳一湄说："扶他回房。"

柳一湄含泪扶住张镇西。

张甫林、王在见状，想这柳一湄蛮有情有义，动了恻隐之心。

张甫林说："等我把后事处理完毕，带你们俩一起上古山。"

柳一湄听后，知道有了一条生路。她想到时候寻机一跑了之。

"上了古山后，不要擅自出走！"

扶着沉重的张镇西，柳一湄心生寒意。她没想到张甫林会看穿她的心思。对她来说，与张镇西同上古山，不过是权宜之计。有机会的话，她还是想和张镇西一起出去。尽管，这个男人已让她心生寒意，但是她知道如果没有张镇西，她柳一湄现在还在窖子里受罪。

柳一湄的心是七上八下。透过漏窗，柳一湄看到，二楼绳子上的红手巾，正被风之手摆布着。

房间里，酒气弥漫，哀伤阵阵。

面对王在，张甫林老泪纵横："王在，我真没想到是这样的结果。唉，慧风方丈，慧风方丈……"张甫林叹息几声后，又是一杯白酒。

"师父，您不要再喝了！"

"王在啊，我太难受了！"

当年，看破红尘的张甫林，登上古山的悬空寺后，在悬空寺住持慧风方丈的门下修行。

多少年过去后，因女儿之事，王在也开始了千里独行。

得知王在步其后尘，张甫林是心急如焚。

在张甫林出家，王在执掌镖局后，张李两家镖局九月九日的擂台赛，开始了只比武不伤人的刀剑过招。张甫林怕王在这一走，张李两家的比武，又变成伤人的打斗。

在张家镖局，也分主战派与主和派。而主战派的呼声，比主和派更盛。

王在能控盘，那张镇西能控盘吗？

后来，张李两家果然又真枪实剑，重蹈覆辙。

张甫林的神不守舍，被慧风方丈尽收眼底。

一天清晨，张甫林随慧风方丈散步于寺中。

张甫林只是尾随，并没有开口，因为他不知如何开口。

慧风方丈似有感应，转身后缓缓地说道："有话道来，我会尽力相助。"

"方丈……"

一五一十地，张甫林把张李两家的几代恩仇悉数道来。

慧风方丈沉思片刻："拼死相斗实在不值。止斗必先治心，我已经想过……"

张甫林听了，十分感动。张、李两家打斗一事，在这之前，他只是在方丈面前提到过一回，没想到，方丈竟熟记于心。

张甫林当然也没想到，后来慧风方丈虽然制止了九月九日的舍命相搏，却无法改变张镇西的贪婪和残忍。

又是一个清晨，一夜难眠的张甫林早早起床，直奔李家茶坊。

李家茶坊的正门上，是慧风方丈手书的唐代大书法家颜真卿所作的联句："泛花邀坐客，代饮引情言。"茶坊里笼鸟和鸣，内中还设有说书和象棋博弈。

几天前，张甫林已来过茶坊。这一次，他看得更加仔细。

张甫林要了一杯绿茶。

张甫林看似悠然自得，内心其实是大潮涌动。

为了九月九日的比武，为了第一镖的美誉，张李两家各有人员因比武丧命。张甫林后悔当初不该一走了之，以至于留下后患；他想更不应该把慧风方丈牵涉进来。

一连两天，李亦道没有露面。第三天，还是不见李亦道的人影。

有淅沥淅沥的小雨轻敲荷叶，待荷叶上蓄满了雨滴时，张甫林想我岂能在这里静看雨荷。

张甫林扬了扬手，对跑堂的说道："请转告李镖主，小沙弥的师兄求见！"

张甫林的鹤发童颜、奇人异相，早已引起跑堂的注意。只是张甫林离开此地时间太久，模样无法与当年的他对号入座，跑堂自然也想不到他就是张甫林。

跑堂看了一眼已在茶坊里泡了几天的张甫林，自是不敢怠慢："请稍等片刻！"

跑堂走出茶坊后，李亦道正迎面而来。

听了跑堂对长者的描述，李亦道知道访客必是张甫林。因为，自张小田事件发生后，李家上下对茶坊的客人都分外注意。

李亦道三两步就进了茶坊。

看到张甫林，李亦道双手抱拳："前辈大驾光临，有失远迎！后生前两天外出，今天刚回，还望前辈多多包涵。"

李亦道请张甫林借一步去听雨轩说话。

坐定后，才寒暄了几句，张甫林就拿过了李亦道的棋具，摆出了一个棋形复杂的残局。

这残局李亦道实在太熟悉了。

慧风方丈在临终前几天，曾单独请李亦道至禅房。慧风方丈指着一副残局说："以后在你面前摆出这残局者，是你的朋友。"

"这人会是谁呢？"李迹道不知道慧风方丈为什么这么神秘。

李亦道没有想到，这个人就是张甫林。今天，李亦道也知道了当时慧风方丈秘而不宣来者是张甫林的缘故。

张甫林告诉李亦道，慧风方丈是怕李亦道先入为主。毕竟，张甫林曾是张家镖局的掌门人，李家的对头。现在的李亦道已经知道，张甫林是慧风方丈最信任的弟子，是终结《踏雪寻梅》者。

李亦道要把《踏雪寻梅》交给张甫林。

李亦道的举动，让张甫林更加证实了他对李亦道和张镇西两人的判断。

"不急。其实，这张谱上的残局，与传说中的字画毫无干系。这个残局不过是民间流传的'象戏八捷'中的一捷。这八捷实际上是八副残局，局名分别为'踏雪寻梅''寒江独钓''雪夜擒戎''双龙争球''老蚌吸月''流星赶月''金鸡抱卵''背水一战'。"

其实，慧风方丈出示的《踏雪寻梅》谱，与民间流传的"踏雪寻梅"古残局是名同形异。而且，慧风方丈出示的《踏雪寻梅》谱，确实与一批丰厚的名家字画和财宝有关。而张甫林所说的"象戏八捷"，流传民间多少年后，被生于明弘治十八年（1505）、卒于万历二十一年（1593）的江苏江阴人氏，自号戒庵老人的李诩收进他所著的《戒庵漫笔》中。此书对于明代的户籍典章、朝仪衙规、物产钱币、风土人情均有翔实的记载和考证，"象戏八捷"不过是其中的一小部分。

张甫林之所以在李亦道面前瞒天过海，旨在保护李亦道。张甫林一直觉得，他的祖上张二小亏欠李家，他想让李亦道从这个害人不浅的是非残局中脱身。

李亦道从院中老槐下的花瓶中，取出《踏雪寻梅》谱，交给了张甫林。

回到镖局后，张甫林招呼王在去了书房。二人思前量后，瞻左顾右，悲喜交加。最后二人决定，烧毁《踏雪寻梅》，解散镖局。

从书房出来后，王在召集了张家镖局的所有男女。当着众人，他取出《踏雪寻梅》谱："就是这张谱，让我女儿，让张小田死于非命。今天，李亦道把它交给了我们。我们已经说好，为了不让无辜者再死于非命，决定把它烧了。"

有镖手说：烧了又怎么样？李亦道不能记下来吗？

张甫林胸有成竹地说："《踏雪寻梅》谱上有蜡制的密封带，是当年慧风方丈和我亲手密封的。今天我已经检查过了，密封带上的记号完好无损。"

《踏雪寻梅》谱被王在点燃。

只是瞬息，《踏雪寻梅》成为灰烬，化作几缕青烟。

王在流着泪宣布："张家镖局已经没有必要存在，从今天起解散……"

王在的声音，极其苍凉。

翌日清晨，张甫林、王在带着张镇西等一行人朝古山行去。一行人之后，是两条黑狗。柳一湄与张镇西回头望着迎风飘舞的红手巾，感慨万千。柳一湄更是五味杂陈。

二十三

秦淮河音倦灯残
琵琶女心系红香楼

夜色渐浓。

李府一片寂静——除了家佣的足音。

窗外的秦淮河开始热闹起来。望着俯瞰下界众生的一轮明月，听着秦淮河上传来的曼歌妙曲，王凌夕的心绪是浮浮沉沉。此刻的王凌夕有了寻根的冲动，她的思绪，飞向红香楼。

王凌夕取来古琴，轻舒玉指挑抹拨揉，与秦淮河上的琵琶女遥相呼应，弹起了《昭君出塞》。

王凌夕有两把古琴。这一把古琴重如铁，䌽以八宝灰，掺有响铜砂，琴体并不太长，但弦路很宽，最宽处岳山旁宽度十三厘米以上，声音浑厚，韵味足。

应天这个地方，观赏性的花儿不多，但菊花不少，更多的，是那些四处可见的蓝色野蔷薇。

李府后院有一个小花园，金黄色的、浅绿的、深紫的，大红的几十盆菊花，沿廊一字儿摆开。但最吸引王凌夕的，不是这些名菊，而是野蔷薇。

王凌夕对野蔷薇情有独钟。平素，只要看到这蓝的野蔷薇枝蔓不齐，她便会持剪修枝。

看到蓝色的野蔷薇，王凌夕便会身不由己地想到自己：根在何处？父母是谁？是否有兄弟姐妹？

这一个个问号，是王凌夕心头的一块块巨石。

即使没有张镇西，没有柳一湄，王凌夕也会为这一个个问号茶饭不思。

遥想当年，随李亦道至应天后，王凌夕是夜夜听秦淮河上的曼歌妙曲，天天享世间的深情。儿子的问世，曾让王凌夕将寻根之念抛到了九霄云外。

一封信，张镇西的一封信，让王凌夕的平和之心再起波澜：王凌夕的疮疤又一次被撕开，旧日的苦楚又一次被揉碎千万遍。

王凌夕的心似折断后的古琴，其声悲鸣："我到底是何方人氏？"

如果不是儿子，王凌夕真想再去一次红香楼。王凌夕想红香楼楼主不可能不知道她的身世。

见王凌夕面对野蔷薇，李亦道顿时便愁肠满怀。愁肠满怀的李亦道放下了长枪，顾不了擦把汗，径直向王凌夕走去。

听到熟悉的脚步声，王凌夕拂袖擦干眼泪。

"怎么了？"

"没什么！"

李亦道欲转移王凌夕的注意力："张镇西已上古山，事情已了，从此太平。"

李亦道上前，拥住王凌夕。

"你也不怕人家笑话！"王凌夕脱了身，在李亦道的鼻子上点了一下。

"父亲，你敢欺侮母亲！"

儿子介卿从一旁窜来，直刺其父。李亦道躲闪着儿子的长枪。

张家一行人身在古山，心却在山下。

张侯梅面对郑嘉卉的绝笔发呆。

"阴风冷雪刺骨寒，墨荷枝叶尽凋残，我欲追随浮云去，劝君自重更自重。"

阴风指的是什么？冷雪又为何物？为什么要舍我而去？有什么难言之隐？

只要想到这里，张侯梅就会取来笔墨，挥毫之后，又举杯邀月。

平素滴酒不沾的张侯梅，一口又一口，说醉还醒，说醒却醉。

张镇西成天随张甫林念佛温书；而柳一湄，则包揽了一日三餐。

尽管每天在练书法，做佛事，但张镇西并没有收心：他不相信《踏雪寻梅》谱就这样被烧了。书房中的老翁对弈壶，让张镇西无法一心向佛。只要一看到妖媚的柳一湄，他就会想："那把壶怎么转移？如何带柳一湄下山？"

张镇西在等待机会。

机会来临。

张侯梅又在画他的墨荷、梅花，又在画他的人像，喝他的酒。

酒杯一侧，是一把茶壶。端起茶壶，张侯梅就想起了嘉卉的一句话："我看到'老翁对弈壶'了。"

"在哪里看到？"

"不知道是不是。"

张侯梅觉得嘉卉话中有话。

"嘉卉平素几乎足不出户，她会在什么地方看到那壶？"

张侯梅的持壶之手，停在了半空。

"在我们家？是在我们家看到的！"

想到这里，张侯梅的手突然一松："嘭"的一声，茶壶碎裂。那一壶水，毫无章法地流了开来。有一股水，流进了张甫林的禅房。

"何来之水？"正在打坐的张甫林起身，寻水而去。

张侯梅曾对外公和张甫林讲过"老翁对弈壶"的事。

在张侯梅的房间里，张甫林看到了满地碎片。

张甫林走出房门，看到的是张侯梅下山而去的背影。

张甫林返回禅房。

一炷香后，张甫林叫来张镇西。

"侯梅下山了，他打碎了一把壶。这些碎片告诉我可能要出大事。你，现在就下山去找他。"

张镇西听后，脸色由白而红，由红而白，继而，是汗珠滴滴而下。

缓过神来后，张镇西又不置可否："既然碎了，就是不祥之兆啊！

如释重负的张镇西没有急于去追赶。他盘算着，怎么才能把无限娇媚的柳一湄一起带走。

张镇西找不到带走柳一湄的办法。

张镇西回过头去看了一眼古寺，想象着二楼飘扬的红手巾。翘首引颈望了半个时辰，张镇西还是没看到那个熟悉的身影。

走着，想着，张镇西一步一个脚印地下山。

张镇西回头看了看朦朦胧胧的古寺和古寺上的月亮，思忖："你们俩伴古寺度余生也就罢了，为什么要让柳一湄独对孤月呢？"

站在小院中的柳一湄，望着山上的月亮潸然泪下。张镇西的不辞而别，让她心寒，让她倍感寂寞。

"柳一湄。"

柳一湄打开了院门："师爷，您叫我？"

张甫林拄着拐杖，背衬松树弯月。

柳一湄想不通，怎么就这么几天的时间，张甫林便判若两人。看着拄着拐杖的张甫林，柳一湄怜悯之心顿起："师爷，外面的山风太大，您还是进来吧！"

"不！"

"师爷，发生了什么事？"柳一湄跨前了一步。

"侯梅昨天突然不辞而别。在下山前，他还打碎了一把茶壶。"

"茶壶，又是茶壶！"柳一湄自言自语。

"这么说来，你看到过那把壶？在什么地方看到的？"

"在镖主……在张镇西的书房里。"

"柳一湄，你现在就下山。下山后你一定要直奔镖局，张镇西可能要出大事，你快去救他！"

待柳一湄走后，王在问："师傅，为什么要让他们俩一先一后下山呢？"

"昨天，侯梅突然打碎了一把壶，这件事一定和郑家的那把壶有关，和张镇西有关，嘉卉在绝笔中已有暗示，郑家那把不翼而飞的壶，郑墨的死与张镇西有牵连。侯梅已忧郁成疾，这一次下山，如果查到实情，让他如何去应对？说不定，他会走极端。万一侯梅有事，张镇西极有可能也会跟着出事。或许，或许只有柳一湄才能救张镇西于不测。"

王在："我也下山！"

张甫林叮咛王在："你千万要沉住气，不要动手。"

王在看了看一侧两条大黑狗，回道："我不动手。"

二十四 | 王凌夕远走他乡
柳一湄以袖拂面

张家大院，杂草丛生。

依然在护院的，是几个忠心耿耿的老镖手和几条忠实的大黄狗。

薄暮时分，张侯梅推开了那扇褐色的门。

张侯梅站在了棋房外：一切如旧，增加的，是几张蜘蛛网。

平素，张侯梅难得去棋房。

张侯梅记得，棋房里，有几架大橱。张侯梅推门而入，直奔大橱。

三架大橱被张侯梅一一撬开。一架大橱里，有一只小箱子。小箱子上，有一把锁。张侯梅用匕首撬开了箱子。

茶壶重见天日，张侯梅却走进了无底深渊：是这把壶！是父亲！

张侯梅颓然倒地。

许久，张侯梅才站起身来。

张侯梅把壶放于桌上，围壶而转，念念有词。

转了半个时辰后，张侯梅终于停了下来。停下来的张侯梅大叫了一声："还我嘉卉！"然后，举起木凳，对着壶狠狠砸去。

"嘭"的一声，茶壶碎裂，成了一堆碎片。

"哈哈哈……"张侯梅一阵狂笑。

那笑声，悲惨至极，闻之，使人不寒而栗。

来到棋房的张镇西听到儿子的狂笑，看到满地的碎片，知道大事不妙。

"儿子，我……"还没等张镇西说出下文，张侯梅已拿起地上的匕首，一步一步地逼向张镇西。

张镇西手指胸口，闭上眼睛："我对不起你们！来吧！"

面对双眼紧闭的父亲，张侯梅突然扔掉匕首，"哈哈哈……"一阵狂笑之后，奔了出去。

"侯梅，侯梅！"张镇西追到门外，拦住了张侯梅。

"侯梅，侯梅！"张侯梅学着张镇西的腔调，然后，是一阵阵疯笑。

望着儿子的背影，听着儿子的疯笑，张镇西喃喃自语："完了，完了。"张镇西返回棋房，对着碎片是一脚又一脚，一直踩到脚下流血。

张镇西从橱里拿出几瓶酒。天黑了，月亮出来了，张镇西喝完了一瓶又一瓶。

张镇西找来了一根绳子，悬于梁上，一脚跨上儿子用来砸壶的木凳。上了木凳后，张镇西双手扯绳，准备伸头。

窗纸上，有一个被郑嘉卉捅破的小孔。张镇西下了木凳，走到窗前，他小心翼翼地把垂下的那一块窗纸扶起，用唾液黏上。

望着满地的碎片，张镇西再上木凳。张镇西一声悲鸣："芃芃，我对不起你。侯梅、嘉卉，我也对不起你们！"

当柳一湄推门而入时，正看到那要命的柳桉木做成的木凳颓然倒地。柳一湄迅速拿起匕首，一只手拉住大橱一侧，一只脚踏上大橱内的木档，就势割断了那根要命的绳子。

张镇西摔在了地上。

摔到地上的张镇西闻到了柳一湄那熟悉的体香，眼睛还没有睁开，神志已清。

柳一湄抱住了张镇西："你为什么要这样？为什么？"

号啕大哭的柳一湄捶着张镇西的胸口，然后，身子一扭，扭到了张镇西的怀中。

抱着柳一湄，闻着沁人心脾的香气，张镇西心生悔意："我，还没有输光！"

张镇西抱住柳一湄狂吻。

然后，张镇西朝地上一蹲，两手抱头："唉，侯梅疯了，张家绝后了！"

"没有绝后，我这里有！"

"肚子？有了？"张镇西拥住了柳一湄。

"有了！"柳一湄伸出右指，在张镇西的额上点了一下，嗔怪道："还不止一个呢……"

"怎么不止一个？"

"你忘了，算命先生不是说我少则一方桌，多则一圆桌嘛。"

张镇西一阵狂喜。

狂喜后，张镇西复又悲伤："是我害了儿子！"

"侯梅已被王在送到郎中那里，郎中说不碍事！"

"王在也下山了！"丧魂落魄的张镇西，脸沉了下来。

"我们离开这里。"

看到平素拿得起放得下的张镇西如此失魂落魄，柳一湄怜从心起。

寻根之念让王凌夕再一次陷入迷茫。

王凌夕推门而出，走进月清星稀的夜色里。

昨日，刚下过一场大雨，斑驳的墙上，又多了一片水渍。

面对生生不息的蓝色蔷薇，王凌夕睹物生情："野蔷薇，野蔷薇，难道我真像柳一湄所言，是妓女所生？"

当年，王凌夕得知柳一湄是从红香楼而来时，很想前去探望。想到对方已经是张家镖局的使女，便打消了念头。

有好几次，王凌夕看到了与小倩一起买菜归来的柳一湄。尽管，王凌夕离开红香楼已达十年，但是她确认，当时的红香楼里，没有这女孩。王凌夕转念又想：兴许是女大十八变吧。

她也有过把柳一湄请来，听她弹一曲《流水》以试真伪的念头。又一想，管她是不是红香楼的呢？

简单的王凌夕没想到事情会那么复杂。

她实在没想到，柳一湄竟会于人前大放厥词："王凌夕的母亲是……"

王凌夕听后是怒气难忍。她想去问个明白。

没想到，还没有等到王凌夕去问个明白，柳一湄已经去了山上。

一池春水，吹皱复难平。

随着张镇西、柳一湄下山，王凌夕旧念复发："拼了这条命，也要去问个明白。"

王凌夕记得，自己好像是一对穷苦农民的孩子。她想红香楼主应该知晓她的身世。一旦楼主不在人世，自己的身世将成谜。

回房后的王凌夕来回踱着，右拳轻拍左掌，心神难安。

身不由己地，王凌夕推门又出，又来到那一大片黄色的菊花前。王凌夕的目光，从菊花移向蓝色的野蔷薇。

泪水从她的两腮流下，落在蔷薇上。

许久，王凌夕以袖拂泪再次返身。

屋内，是她的两个儿子专心致志对弈的剪影。

站在窗外，看着灯下两个朦朦胧胧的身影，王凌夕内心是大潮涌动：这一走，还不知何时能回！

回房后，王凌夕端坐于湘妃竹榻，潸然泪下。

擦完泪后，王凌夕把准备好的衣裤打成一个小包。随后，又取下李亦道给她的一对金手镯。

倚在湘妃竹榻上的王凌夕，把玩着金手镯，不忍放手。

往事历历在目：遥想当年，三月里杨花满巷飞舞之际，她随李亦道来到了应天。难道，今天，又要回到从前。

"走还是留？"王凌夕依然在犹豫。

"什么都可以风轻云淡，唯独这身世……必须走！"

王凌夕放下了金手镯。

不知不觉地，已过去了几个时辰。

"一定要问个水落石出！如果我的身世，确如柳一湄所言，我就远走他乡，我不能有辱李家门庭！"

王凌夕面对绿萝发呆。冬天时，那盆本来应该四季常绿的绿萝，告别了绿色，慢慢泛黄，最后几近枯萎，似乎要告别人间。面对枯萎的绿萝，王凌夕已经在为它准备后事。没想到，在经历了一个风霜雪雨的寒冬之后，当春天来临时，它又开始返绿，最后是绿意盎然。

正当王凌夕面对绿萝沉思默想时，她忽然听到了轻轻的笃笃笃的敲门声。

三下轻轻的叩门声，在这宁静的夜晚，显得异常清晰。

"睡了吗？"

王凌夕咬紧了牙关："不能开，一开，就走不了了！"

"吱呀"一声，李亦道去了隔壁。

李亦道舞文弄墨至夜半，回屋时会轻叩房门。知道王凌夕已睡，他就会择他屋而寝。

一个时辰后，王凌夕估计丈夫已睡，便去了儿子们的房间。她为两个儿子盖好被子，然后拿起一件绣有蓝色野蔷薇的外套，轻轻推开李亦道的房门，蹑手蹑脚地走到李亦道的床前，把外套轻轻地盖在李亦道的被子上。

借着月光，王凌夕端详着丈夫。

泪珠滴滴答答地从王凌夕的两腮落下。地上，有一张宣纸，王凌夕的泪痕，印在了宣纸上。那泪痕似一枝香妃竹。

走进大院的王凌夕面对黄色的菊花和蓝色的蔷薇，收住了脚步。她弯下腰去，折下几枝野蔷薇，塞进小包。

王凌夕轻轻地把后门掩上。一步三回头，王凌夕离开了李家镖局，离开了她生命中最重要的所在，消失在茫茫的夜幕之中。

第二天早上，一觉醒来后的李亦道看到了王凌夕的蓝色外套。这件蓝外套，是结婚那天他亲手为王凌夕披上的。看到蓝外套，李亦道感到不对劲。

起床后，李亦道又看到了地上的宣纸。宣纸上，印着王凌夕的脚印。

"怎么回事？"

走到隔壁，一对金光闪闪的手镯入眼。蓝外套与金手镯，是他和王凌夕爱情的信物。面对爱情的信物，李亦道叫了一声："完了，一切都完了！"

李亦道低下了头。许久，他才抬起头。

李亦道把蓝外套放在王凌夕的床上。

"我怎么会睡得如此之沉？"

平时，李亦道对王凌夕是关怀备至。

本来，李家大院中黄色的菊花和蓝色的野蔷薇只是几丛。李亦道见王凌夕时常面对菊花和蔷薇发呆，便嘱家佣从山野移来了一大片野蔷薇。然后，又弄来几十盆菊花，置于屋前屋后，并沿廊一字摆开。

如今，那黄黄蓝蓝的花儿，正茂盛地开着，而那赏花人，可能一去不返。

此刻，那一朵一朵的菊花花瓣，在李亦道的眼里，正一片一片地凋零，唯有那浮动的暗香，弥漫于悲凉的空气中。一瞬间，李亦道的眼里，竟蓄满了男子汉黄金般珍贵的泪水。

当初，携王凌夕离开广州时，李亦道看到王凌夕愁眉紧锁，心事重重。

"我们已经是一家人了，有什么事情，我们一起来面对！"

王凌夕见李亦道满脸诚意，终于开口："时至今日，我还不知道自己的身世……"

如果不把王凌夕的身世问个明白，王凌夕这一辈子也难得安宁。如是，李亦道策马去了红香楼。

一路艰辛……

李亦道恳请红香楼楼主告知王凌夕身世。

楼主如实相告："王姑娘的母亲是个歌女，早已作古，她的父亲，我不得而知。"

红香楼楼主欲言又止，让李亦道难再开口。

晚上，李亦道赶回客栈。

李亦道告诉王凌夕："楼主说是一对夫妇，把你带进了红香楼。"

"哇"的一声，王凌夕放声大哭。

李亦道小心翼翼地捡起那张宣纸。然后，他把宣纸和手镯、蓝外套三样物件一起藏进了柜子。随后，李亦道去了练功房，从刀架上取下自己的有情枪。

"你为什么如此有情呢？当年，如果一枪结果了张镇西，以后的事，就不会发生了。"

李亦道拿起长枪牵着马，走出镖局。

李亦道的身后，紧跟着镖局的一干人马。

张镇西正坐在李家茶坊。他的眼神里，充满着悲凉。对面的柳一湄，正以袖拂面。

"那不是张侯梅吗？他怎么了？"

李亦道回头望去。

王在扶着半痴半醒的张侯梅缓缓走来。

李亦道仰头长叹了一声后，猛地一使劲，手中的长枪被折成两截。

秦淮河上，早已是灯倦音残。河上传来的，是哗哗哗的水声。伴随着哗哗声而来的，是长短不一的琵琶散曲。这单调的残音，在李亦道这里，转换成"天涯断肠人"的五个字……

附录
似有若无的侠气

舒曼

优雅的黄昏，暖橘色的阳光安宁地洒在脚边，落日在虹膜上擦出一道火焰，瘦瘦的秋意里有金粉一样的尘灰在空气中雀跃。这让我想起刚刚拜读过的丁旭光的组诗《蓝色的诗行》。

如今的丁老师，隐于上海的最南面，极像一位大隐于市、身负奇才的侠客。在文学创作方面，他是上海作家协会会员，中国散文学会会员，中国微型小说学会会员；在象棋领域，他是国家棋协大师。他能刻印、善书法，跨界的艺术才华在他身上展现得淋漓尽致。他既可执笔如剑写尽风流，又能方寸之间棋定乾坤。一剪山川，数声蛙鸣都曾在他笔下流连，道不尽的大师风骨，说不完的独白真意都曾在转身的瞬间卷起长风，宁静又庄重地吹过。

我很喜欢丁老师的文字，喜欢那份游刃有余的坦然与似有若无的侠气。每次与丁老师谈论文学，都是一件很惬意的事情。我们可以自如地聊起川端康城的雪和花，也可以深刻地探讨藏在铅印背后的那些生命中的苦痛与伤疤。文字有灵，当热爱文学的灵魂碰撞在一起，那份掩藏在一撇一捺间的回响就会悠悠地漫过岁月的回廊，穿花拂柳，来到你的身旁。

我总是很喜欢在下大雨的夜里读书，雨水在玻璃上蜿蜒而过，留下转瞬即逝的画作。屋子里是舒服的沙发和散发着暖意的小桔灯，当柔软的光线渗透进房间的每个缝隙时，会蔓延出一片安静的寂寞，苍白书页上那些干净的文字恰好就成了最好的寄托。

在我眼中，这时候读传记是很不错的选择。不是断断续续的，要一口气读完，从开始到结束，一直到看完他的结局。胸腔里会有巨大的回声在空荡的夜晚里轰鸣，近若咫尺，而又远似天涯。你一点一点地陪着他走过他的人生，每一次欢欣，每一次失意，一如一夜宿醉酣畅淋漓，抑或是窗外未息的大雨落入心田，悠悠地直等天晴。

而大师写大师总能碰撞出更为惊喜的火花。在 2018 年的上海书展上，一代宗师、象棋棋王胡荣华老师又一次成了焦点人物。丁旭光老师撰写的人物传记《胡荣华：一代宗师 旷世棋王》，在不到十五分钟的时间里，四百本书被抢购一空。书展当天，上海电视台人文频道《今晚》和上海人民广播电台现场采访了胡荣华和丁旭光。面对媒体，丁老师只是风轻云淡地一笑："我只是个摆渡人，是借了胡老师的盛名。如果你来写，也是这个结果。"

《胡荣华：一代宗师 旷世棋王》是第一本完整记叙了当代棋坛的传奇人物胡荣华整个象棋生涯，也是胡荣华本人唯一认可的传记作品。丁老师用浅浅勾勒的写实笔触，道出了胡荣华跌宕起伏、颇具传奇色彩的象棋人生，而胡荣华卓越的棋艺与长风劲竹般的为人之道，也都凝聚在这充满温度的文字背后。

当谈到写这本传记的原因时，丁老师很郑重地回答道：第一，他是作家；第二，他也是棋协大师；第三，也是最重要的一点，就是胡荣华老师对他的高度信任。丁旭光直言，写胡荣华的传记有一种使命感和紧迫感，他希望把一个完整的、立体的、真实的棋王娓娓道来。没有太多复杂的辞藻，没有太过华丽的笔触，仅仅是用白描的文字，已经让每一个读者叹息着无可奈何的岁月悠悠，又感慨于无可替代的惊才绝艳。在寥寥几笔的铅字背后，一窥那个伟大的时代。

丁旭光写胡荣华并不是一时兴起。在他家不远处，就是象棋和围棋国手窦国柱的家。窦先生是上海文史馆馆员，也是中国象棋史上赫赫有名的扬州三剑客之一。

窦先生的居处白墙黛瓦，旁边有一大片农田，安静夜晚里的蛙声一片和昏黄路灯下弈棋的窦先生，经常吸引着少年时代的丁旭光。窦先生和胡荣华有师生之谊，也是从那个时候起，丁旭光知道了神一般的胡荣华。楚河汉界的惊涛风云，在少年时就已经叩响了他的心扉。

如果从第一次算起，丁旭光对胡荣华的采访，早在三十年前就已经开始。断断续续又对胡荣华采访了两年多以后，三十年的沉淀厚积薄发，只花了半年的时间，就拿出了十八万字的胡荣华传记。既表现了胡荣华神游八荒六合时的独孤求败，又写出了他兵败乐山时的望断天涯。

由于丁旭光熟知象棋术语及历代棋谱，描写楚河汉界之间的思维博弈和"胡司令"巧妙的排兵布阵时都能直击要害，仿佛让人身临其境。而他的行文也洒脱大气，与象棋于静坐中决胜千里之外的气场契合。这篇传记就像是完成了丁旭光人生的一块拼图，让这个不折不扣的棋迷作家能有机会真挚地拿起笔，带着使命感为自己的偶像写下一段人生的注脚。

有位同事曾向我求一本丁旭光老师签名的《胡传》，丁老师颇为亲切地应了，拿到书之后我在家门口折了一枝桃花，待几日后取落花与丁老师的墨宝一同定格在摄像机里。有了这几点盈盈的粉意做点缀，这一页字的背后，仿佛就站着丁老师的影子，妙笔生花，性雅而温，横竖曲折间尽显文人风骨。

在我们之前的专访节目中，丁旭光老师也曾谈起他走上文学创作之路的过程。他的形容是"不经意"的选择，我却觉得更像是一种"命中注定"的缘分，是一个闪光的灵魂在向世界告白的过程中选择了文字这个独特的形式。

丁老师文学之路启程时正值他的青葱岁月，那也是一个产生文青的时代。

作家孙群曾在当年的"榕树下网站"写过丁老师的一天，白天奔波采访，晚上埋头写稿，业余时间钻研象棋、篆刻等。生命这薄薄几页纸在他这里却丰盈充实，写满了每一日全新的思考。绝对的自律让他有资格去捍卫心灵的自由。

如果说，年轻时的丁旭光，驰骋在棋坛有着年轻人的意气风发，如今年逾花甲的他，在奉贤的这一方净土上，又一次扬帆远航，在蛙鸣声声中感悟"悠然见南山"的人生。

连绵不绝的蛙鸣把他从记忆的梦境里唤醒，那些悠悠然的诗词句段都在心头浮现："黄梅时节家家雨，青草池塘处处蛙。有约不来夜过半，闲敲棋子落灯花。"摇曳的烛火在窗外的风雨声和屋内的落子声中安静地燃烧，一如他坦然而不可轻摇的内心般宠辱皆忘。

对于弘扬棋文化，丁旭光有一种与生俱来的使命感。正如胡荣华在丁旭光所作《橘中雅戏》的序中所言："丁旭光对橘中雅戏常有神悟，由此生发开来，便构成了他对棋文化、对传统文化的独特理解。"当丁旭光面对棋盘人棋合一时，那一声声的蛙鸣总会不急不缓地安然到访，它们出自于小区里的人造池塘。虽未得野趣，亦有天籁。

一如丁老师曾在文章中写道，他固执地以为："那只青蛙，是从古诗里流出，然后，游进了五十几年前的肇嘉浜里，游到了窦国柱先生的门前，随后，又游进小区的池塘。"让他能够轻巧地抖落眉上冬，捻作山河相送，潇洒地喟叹一句人间纵我。

我曾无数次庆幸将读书这个习惯保持至今。多少个日夜里那些带着温度的文字静悄悄地挣脱纸张，蜿蜒在空气中，不多不少，三十七度，刚刚好，让一颗疲惫的心在冷风里得到最初的慰藉，放下那些兜兜转转的曲折与感伤，真正地与世界握手言和。

读一本好书就像适逢一场恰到好处的爱情，这也许不会是你最后的终点，却能让你手捧鲜花，盛装迎接最好的自己。一点一滴，借着流淌的时光融入你的生命里，长长久久，荡气回肠。爱是永不止息，读书亦然，终有一天，你能带着最微薄的行李和最丰盛的自己在这世间流浪，不问来路，不思归途。

而丁老师给予我的最宝贵的思考有时远超于文字本身，是关于生命的深与广。我，我们，都会与这岁月有一场苦恋。千山万水，初雪蒹葭，多少人在某个转角与你不期而遇，又有多少人在下个路口与你分道扬镳。最终，我们总会回到那个只有自己的岁月河山。我曾希望所有苦难与背负的尽头，都是行云流水般的此世光明；后来却觉得，真正的成长，应该是在经历之后，依然保有最初的温柔，包容且静默，不问不怨，不自傲、不自怜、不后悔、不停留。这一生的信仰与爱，不必做筹码。

一位作家的一段话我觉得很适合形容丁老师："他将生命的碎片打碎成小时，小时打碎成分秒，分秒打碎成更细的碎片。这些，所有这些，都成为头顶上的星辰，难以计数。他一路走过大地与河流，走过田野与城市，感受每一缕阳光的温度，体会每一滴雨水的甘甜，时光在他身后点燃，寸寸成灰。漫长的岁月里，与光，与影，如诗，如歌，终成熠熠的星河。"

2022 年 5 月 20 日

舒曼，上海作家，上海市浦东新区广播电台《舒曼的 CD》主持人